LES EN

Né en 1947 à Reims, Patr...
bien remplie. A 36 ans il ...
cié en droit, diplômé des ...
mation des journalistes!...
cial » pour deux reportages ... ...
entre à France-Inter. Quatre ans plus tard, A2 l'engage comme
chef du service politique intérieur puis comme rédacteur en chef
adjoint. Il présente le journal de 20 h depuis avril 1977. Les télés-
pectateurs croient bien connaître ce visage tantôt grave et tantôt
rieur. Ce premier roman leur révélera un autre homme qui, par
pudeur, cache toute sa tendresse.

« Au commencement, une histoire de globules rouges et de globules blancs qui jouent à la bataille navale... » Le petit Alexis lit
les premières pages du carnet intime de son père. Ce dernier,
Tristan, s'est suicidé sans le vouloir sous les yeux de son fils, lui
laissant comme seul compagnon de route le récit de sa vie.
Atteint à 15 ans d'une terrible maladie du sang, Tristan fut
envoyé dans un sanatorium en Suisse. Il y rencontra Camille,
une jeune Anglaise de 16 ans. Leur drame devient bonheur.
Camille lui donne un plaisir au goût de lait. Ils revivent et
connaissent les joies les plus fortes de l'amour.
Ils braveront le règlement du sanatorium, les adultes, la raison
et même la mort.
Les Enfants de l'aube c'est « Love Story » dans les montagnes
suisses. L'humour y bataille sans cesse avec le tragique. Par ce
roman fervent, plein de poésie et d'idéal, Patrick Poivre d'Arvor
célèbre la force irrésistible de la jeunesse. Il y aura toujours des
Roméo pour aimer Juliette.

PATRICK POIVRE D'ARVOR

Les enfants
de l'aube

(MOIA BIEDA)

ROMAN

JEAN-CLAUDE LATTÈS

A Morgane et à Garance

Frédéric Chopin prit les billets d'adieu de Marie Wodzinska et les mit, avec la rose qu'elle lui avait offerte à Dresde, dans une enveloppe sur laquelle il écrivit ces deux mots polonais : « *Moia Bieda* », mon malheur. On retrouva après sa mort ce pauvre paquet, noué d'une faveur tendre.

Guy de POURTALÈS,
Chopin ou le poète.

automne

1

Au commencement, une histoire de globules rouges et de globules blancs qui jouent à la bataille navale. D'habitude, les rouges gagnent toujours. Quand ce sont les blancs, personne n'est là pour raconter l'histoire. Mon histoire, Alexis, c'est précisément celle d'un combat qui ne se termine pas très bien.

A dix ans, j'étais un petit bonhomme plein de santé. Mais, sans crier gare, l'armée rouge s'est mise à hisser le drapeau blanc. On me croyait un peu anémié ; je n'allais plus en classe le matin. Un jour, ton grand-père m'envoya reprendre des couleurs près du ballon d'Alsace. J'avais tout juste ton âge, douze ans et demi. Il me semble les avoir eus longtemps.

A la fin des vacances de Pâques, il ne resta plus que les petits Alsaciens et leurs pommettes rouges à la sortie de l'école. Ceux-là, d'ailleurs, je préférais les voir en classe. Ils n'avaient pas la même tête que moi : j'étais beaucoup trop grave, beaucoup trop pâle ; je comprenais mal leur parler. Quand le matin, à huit heures et demie, ils étaient tous dans leurs stalles, parqués dans le corral, je me risquais dehors et j'allais acheter du kouglof dans une boulangerie qui sentait le Bon Dieu. Avec maman, nous nous faisions des petits déjeuners de rois. En ce temps-là, Banania avait encore sa bonne bouille de nègre qui se serait fait couper en deux pour vous aider à bien commencer la journée. Je passais aussi des heures les yeux perdus dans les méandres du nid compliqué de l'oiseau Nestlé. Ce lait concentré, tout froid, tout sucré, me distillait du bonheur. Tu suces le tube et tu jouis comme un bébé. Plus tard, tu verras, c'est comme avec une femme.

Après le déjeuner, je partais avec ta grand-mère pour de douces et très longues promenades. Nous nous repérions grâce aux marques jaunes et rouges sur les troncs. Parfois, les arbres faisaient cathédrale. Oppressé, privé de ciel comme on le serait d'oxygène, j'avais le ventre en morceaux. Mais j'aimais aussi éprouver ma peur, reculer les limites de ma volonté. Il me fallait dominer mes faiblesses et narguer ma fragilité. A Tours, en classe, je savais qu'on me trouvait craintif, timide. Les autres avaient une voix plus forte que moi.

Malgré tout, dans la pénombre, à Wangenbourg, je hâtais le pas. Je me fixais des buts, des clairières ensoleillées, et, en serrant les mâchoires, j'essayais de contrôler mes nerfs dans les chemins obscurs. Je m'imposais quelques épreuves : marcher les yeux fermés, obliquer deux fois à droite, sinuer entre les sapins hors des chemins tracés. Je découvrais à tâtons les troncs ravagés des résineux ; mes mains en étaient toutes poisseuses et j'essayais de surmonter ma répugnance et ma crainte de toucher quelque animal. C'est ainsi que j'appris à mériter mes récompenses. Plus tard, à dix-huit ans, j'ai retrouvé les mêmes sensations en faisant de l'auto-stop. Chaque kilomètre parcouru, je le vivais comme une victoire sur le zéro. Il justifiait des dizaines de minutes d'attente. Mes bonheurs étaient simples, mais ils me permettaient d'avancer léger.

Je m'inventais des mondes que la forêt abritait bien. J'habitais les ruines découvertes au hasard de nos promenades. En fermant les yeux, très fort pour brouiller le cerveau et en faire jaillir des débauches d'images, j'appelais une femme, toujours la même, une châtelaine. Il me suffisait de dire que son seigneur était parti pour très longtemps, aux croisades, et elle était à moi. Grande, pâle, pas très loin de l'enfance et déjà proche de l'enfantement. Il y a de la soie et de la laine en elle. Et beaucoup de bleu, de ce bleu chardon que j'adore. Des yeux rougis, un peu trop grands, perdus. Au cou, une veine qui saille. Et quelque part autour d'elle, en elle, la maladie. La mort, peut-être, qui guette, qui sait attendre.

A trop la fréquenter, cette blanche damoiselle, j'ai su que j'étais vraiment malade. Blanc comme elle, je ne fabriquais plus de couleurs. Mon sang allait rosir, se décolorer et, un jour peut-être, nourrir la terre d'un cimetière.

Un de ces soirs d'exaltation, fiévreux de fatigue, je me mis à grelotter. Après le bain et le dîner, mes résistances à bout sautèrent. Je pleurais comme jamais devant personne. En me parlant, pour la première fois, de cette histoire de globules, maman aussi avait le visage mouillé.

Quand nous revînmes de Tours, il fut décidé de ne pas encourager davantage ma sauvagerie naturelle. Il ne fallait pas me faire sentir ma différence. Je retournai en classe. Je crois que cela dura toute une année.

2

LA rechute vint avec l'automne 1962. J'avais quinze ans. Depuis plusieurs semaines, on me parlait moins vrai, avec une excessive douceur. Mes parents multipliaient les conciliabules. Un soir, mon père vint me trouver dans ma chambre.

« Tristan, il y a des choses qu'un grand bonhomme comme toi peut comprendre.

— Je vais mourir.

— Ne dis surtout pas de bêtises. Simplement, ton état s'est aggravé. Il te faut du sana. Il y a dans le monde des milliers de garçons comme toi. Nous avons choisi la Suisse. Toi qui aimes composer des poèmes, tu seras bien là-bas. Des dizaines d'écrivains ont profité de leur séjour en sana pour faire un livre. Nous partirons tous les deux début janvier. »

Ce fut un beau voyage. Je n'avais jamais beaucoup parlé à mon père. Architecte, il ne me disait rien de son métier, que j'avais pris en horreur. Je le sentais très loin de moi. Il ne portait pas son cœur en écharpe, lui. Il aimait à taquiner mes points sensibles et je ne pouvais répondre qu'en me rebiffant. Je crois que mes paysages intérieurs ne l'intéressaient pas beaucoup. Il était déçu d'avoir enfanté ce cœur mi-pierre, mi-artichaut, qui le déconcertait tout à fait. Et il supportait mal l'emprise farouche que maman avait sur nous. C'est elle qui avait pris la conduite des opérations à la maison. Nous lui obéissions aveuglément et, dans nos moments de révolte contre elle, nous ne songions pas à recourir à l'affection de papa. Tout au plus sollicitions-nous son arbitrage indulgent : il détestait les conflits et les drames. La Suisse m'a rapproché de lui, mais je ne suis pas sûr qu'il s'en soit vraiment aperçu. Il m'a beaucoup parlé de lui, de nous, de maman, un peu moins de moi parce qu'il ne savait sur quel terrain s'engager. Il m'a promené sur des lacs buissonniers. Nous nous sommes même arrêtés sans raison la nuit près de Constance.

Lorsque vint le moment de nous quitter, je me sentis très oppressé. Jamais je n'avais tant aimé mon père, jamais je ne le lui avais si peu montré. Immobile sur la route qui dévorait déjà la voiture, je me haïssais. J'étais sûr d'avoir été monstrueux de froideur. J'avais pitié de lui en songeant à son voyage de retour et à la place que j'avais laissée vide à ses côtés. C'est évident, il allait me juger et dirait à ma mère : « Décidément, rien ne le changera. Il était temps que d'autres le prennent en main. » Pourtant, ce jour-là sur la route, je n'ai pas agité la main pour lui dire au revoir. J'en aurais été incapable. Trop vieux déjà pour manifester des élans spontanés, trop jeune encore pour savoir composer et offrir un visage égal aux événements, je n'aimais pas ma carcasse d'adolescent ingrat, qui poussait beaucoup trop vite. Tout craquait en moi. Mes os ne se décidaient pas à prendre leur place. J'avais peur que cela s'entende et se voie ; je craignais par-dessus tout le ridicule.

J'ai dû, le soir, pleurer à nouveau une partie de la

nuit. Je m'en voulais de me laisser aller. Ce n'était plus même de la faiblesse mais le besoin de me faire mal. « Tristan, si tu t'arrêtes de pleurer, mon vieux, appuie là où tu souffres, et, tu verras, ça repartira tout seul. Cela te va si bien à l'âme et au teint de te sentir seul au monde, malheureux comme les pierres. »

Alexis interrompit sa lecture :

« *Malheureux comme les pierres... Et moi donc !* »
Les souvenirs de la nuit balayaient tout. Comment oublier son dernier baiser ? Tout froid, le père. Tout froid et tout mouillé. Il est fou, le père. Tout à l'heure, en début de soirée, il a sauté dans la Seine. Et il n'a pas reparu. C'était pourtant un bon nageur. A cinq ans, Alexis apprenait la brasse avec lui. Et à huit le crawl. Depuis, pendant quatre étés, ils s'étaient entraînés tous les deux en Bretagne.

Alexis avait bien senti qu'il n'était pas normal ce soir. Il avait beaucoup bu, ce qui ne lui arrivait jamais. Il laissait couler le whisky dans son col de chemise, s'essuyait de la manche, comme à la campagne, et pestait contre tout. Alexis avait essayé de préparer le repas, pour détendre l'atmosphère, mais les spaghetti étaient ratés. Il avait mis de l'huile au lieu du beurre, et son père s'était fâché. Il avait repoussé le plat et s'était levé pour sortir. Alexis, très anxieux, avait voulu l'accompagner. Tristan l'avait rudoyé. L'enfant était quand même descendu dans l'escalier et son père l'avait giflé. Jamais il n'avait porté la main sur son fils. De plus en plus désemparé, les spaghetti n'ayant rien arrangé, Alexis n'avait pas voulu remonter à l'appartement.

Il l'avait donc suivi, d'assez loin. C'était un jour de novembre et il pleuvait depuis longtemps. Son père, qui s'était débarrassé d'un paquet dans leur boîte aux lettres, marchait d'un pas pressé. Il s'était arrêté devant une station de métro sans y descendre. Il avait paru embrasser le plan vitré du métropolitain. Et il était reparti beaucoup plus lentement. Les rues étaient déjà très noires et luisantes. Alexis sentait monter la panique.

D'autant que son père rasait maintenant les murs, frôlait dangereusement les poteaux de signalisation et s'était même heurté à un passant qu'il avait insulté. De temps à autre, il s'arrêtait comme pour s'adresser à une fenêtre. Un souvenir peut-être. Alexis n'était pas familier de ces quartiers, mais il lui avait semblé reconnaître un café dans lequel ils étaient allés tous les deux pour attendre un coup de téléphone mystérieux qui avait rendu son père fou de joie.

Alexis était paralysé par la peur. Il n'osait pas rejoindre son père. C'eût été avouer qu'il l'avait suivi depuis une heure. Il savait qu'il le giflerait encore ; il ne l'aurait pas supporté. De toute façon, son père avait choisi d'être seul ce soir-là et Alexis ne le suivait que pour se rassurer. Il n'était plus qu'un petit chien paniqué à l'idée de perdre son maître.

Le toutou flairait bien. En passant sur le pont Marie, le père avait ralenti le pas. Il avait même semblé esquisser un demi-tour. Alexis eut peur d'être découvert. Son père traversait, tout simplement.

Les deux mains appuyées sur le parapet, il regarda l'eau beige. Il n'avait pas réellement sauté, il s'était laissé tomber comme un crachat. Son imperméable avait semblé flotter dans l'air à la manière d'un parachute en détresse puis avait formé une bosse sur l'eau.

Personne n'avait rien vu. Alexis, hypnotisé par ces remous qui engloutissaient le tissu, avait encore la tête pleine du claquement sonore dans la nuit. Il était sûr que son père allait reparaître un peu plus loin en rigolant à son intention : « T'as eu bien peur ; t'avais

18

qu'à pas me suivre ! » Mais rien n'était venu. Et, deux ou trois minutes plus tard, Alexis avait couru comme un fou pour chercher du secours dans un café.

C'est ainsi que cette nuit-là il se retrouvait avec son père glacé et trois policiers de la Brigade fluviale. L'un d'entre eux, le plus gros, le plus bonhomme, avait essayé de le faire parler. Alexis était glacé par la mort, qu'il n'avait jamais vue de près. Sans larmes. Les policiers mirent du temps à comprendre qu'il était vraiment le fils du noyé.

« Mon petit, il faut être très courageux. On va te raccompagner chez ta maman et la prévenir. C'est pas bien, ce que ton père a fait ; il n'aurait pas dû t'emmener avec lui pour ça. »

Les cons ! Ils allaient encore parler comme le surgé. Alexis était gagné par l'écœurement et voulait échapper à leur inquisition.

« Maman doit être chez des amis dans le XVe. Déposez-moi là-bas. J'irai lui annoncer avec ménagement et je lui dirai de descendre vous voir. »

Son père avait en effet un ami rue Lecourbe. Il savait que son immeuble communiquait avec la rue perpendiculaire et pensait ainsi se débarrasser de ces lourdauds de flics. Au passage, il leur subtiliserait la pochette de plastique dans laquelle ils avaient enveloppé le portefeuille mouillé. Jamais personne ne toucherait aux affaires de son père. Surtout pas ces gardiens soupçonneux. Il sut détourner leur attention en se composant des mines attendrissantes et, les mains dans le dos, fit glisser la pochette sous sa ceinture.

Sitôt hors de leur vue, il détala par la rue Cambronne et prit un taxi avec l'argent du portefeuille.

Jusque-là, il s'était conduit comme un petit homme dont son père aurait été fier. Mais, en retrouvant leur appartement, il s'effondra. Tout se dérobait, tout lui *rappelait l'absent. Le journal. La bouteille de whisky presque vide. Et cette odeur de spaghetti froids. Alexis pleura un bon coup et sanglota jusqu'à minuit. Dix fois, cent fois, il revécut la scène du pont Marie. La simple peur d'une paire de gifles l'avait tenu éloigné de son père. Peut-être, s'il s'était montré à lui, tout aurait été changé. A cette heure-ci, c'est sûr, il serait encore dans ses bras. On l'aurait sermonné mais ensuite raccompagné. Peut-être même un cri pendant la chute l'aurait-il sauvé ? Juste un petit cri, un dernier appel d'un fils à son père. Il serait alors sorti de son cauchemar, se serait débattu dans les eaux et aurait regagné la berge...*

Tout cela tournoyait trop vite dans sa tête. Et ce cafard atroce, dense comme un brouillard. Alexis eut très froid dans les os et, comme une masse, se laissa tomber tout habillé sur son lit.

Au petit matin, il fut réveillé par le silence. Rien ne bougeait dans cette maison qui, habituellement, à ces heures-là, bruissait d'agitation et sentait le pain grillé. Alexis pleura encore, mais tout doucement, comme doivent le faire les petits lapins. Orphelin, il se blottissait contre lui-même.

Puis, machinalement, il descendit, comme chaque matin, chercher le journal puis le courrier. Devant le kiosque, un affreux vague à l'âme. Un journal, pour qui ? Et, face à la boîte aux lettres, une chimère... « Monsieur, ici le commissariat de police du IVe arrondissement. Nous vous informons que votre père est en train de jouer aux cartes avec nous. Il attend que vous vouliez bien le reconduire chez lui. Dans son intérêt, nous vous conseillons de fortement le sermonner. Veuillez agréer... »

Mais non, bien sûr, pas de lettre. Un paquet. Celui que son père avait déposé hier avant de tout détruire autour de lui. Alexis ferma les volets, nettoya la table, y fixa une bougie et déposa religieusement trois trésors : le portrait de son père qui, de sa table de chevet, veillait sur ses nuits, son portefeuille et le paquet.

Dans le portefeuille, il y avait trois photos. Les deux plus belles représentaient Alexis. Tout seul sur la première, de profil, adossé à un mur face à une lumière douce. La seconde était prise avec son père aux sports d'hiver. Ils étaient tous deux allongés dans un transat, clignant des yeux, vaincus par un soleil agressif. Mais ils étaient très beaux, bronzés. Alexis donnait l'impression de se blottir contre un protecteur, ce qui n'était guère son genre. C'est pour cela que son père devait tenir à cette photo.

Il y en avait une troisième beaucoup plus petite, d'un format d'identité, en noir et blanc. Elle était moins soignée, déjà écornée et portait les marques rouillées d'anciennes agrafes. C'était une jeune fille apparemment très belle, qu'Alexis ne connaissait pas.

Et puis, dans le paquet, ce carnet qu'il n'avait jamais eu le droit de lire mais dont son père noircissait souvent les pages devant lui, et plus fréquemment ces derniers jours.

C'était un vieux carnet à couverture de cuir, à peine plus gros qu'une bible, presque entièrement rempli d'une écriture dense mais lisible. Il s'en était échappé une carte postale d'un lac italien. Au verso :

Ce carnet est à toi, Alexis. Si je meurs, pardonne-moi. Tes grands-parents s'occuperont mieux de toi qu'un père brisé. Mais promets-moi de ne jamais me juger. Je n'ai aimé qu'une seule personne au monde jusqu'à ta naissance. C'est son histoire que tu vas maintenant découvrir dans ce cahier. Si je l'ai embellie, c'est qu'elle était très belle. Et le temps ne pourra jamais l'abîmer. Je te souhaite de vivre une fois aussi intensément et de rester le petit garçon clair et acide que nous avons fabriqué tous les deux, toi et moi. N'oublie pas le proverbe que j'avais un jour écrit avec du dentifrice sur la glace de la salle de bain : « Vis comme en mourant tu voudrais avoir vécu. »

Aime-moi. Aime-toi.

TRISTAN.

été

3

LE sana de Weitershausen avait belle allure. Une très vieille bâtisse, un ancien monastère tenu par des laïcs. Dans ses couloirs, des ricochets de langues étrangères. Des quantités de petits Anglais, des Italiens, des Allemands, des Américains et des Scandinaves. Quelques Français. Très peu de Suisses. A croire que ces petits Gervais allaient se soigner en France... Jamais plus de quatre-vingts malades. Une discipline pas très stricte, mais habile. On tolérait, pour mieux les contrôler, les caprices de ces fils de riches. Des soins de haut niveau, très éprouvants aussi. On y traitait surtout les cas difficiles.

Les médecins avaient imprimé à nos journées un rythme souple. 7 h 30 : petit déjeuner baigné d'une curieuse réflexion sur la morale ou le civisme. 8 h-12 h 30 : classe. Puis déjeuner, soins, enfin temps libre à partir de 17 h. Évidemment, le moment que je préférais. Je ne sais pas pourquoi, mais je ne m'étais guère lié avec les autres Français. Sans doute parce qu'ils me rappelaient plus que les autres notre péché originel, notre maladie. C'est souvent ce qui arrive dans les prisons entre détenus soupçonnés de crimes semblables. J'avais en revanche choisi pour camarades un Suisse et un

Italien : Willi et Guido, qui étaient ici depuis la fin de l'été et qui connaissaient tours et détours de Weitershausen.

C'est ainsi qu'un soir, en quête d'aventures, nous avons réussi à pénétrer dans l'infirmerie. Un jeune homme venait d'y mourir et on l'habillait pour l'adieu. Je voyais la mort en face pour la première fois. J'étais hébété. On nous a repoussés.

Longtemps je suis resté marqué par l'odeur médicamenteuse, la lumière jaune et cette peau morte entrevue.

Cette fascination un peu malsaine m'entraîna le lendemain à suivre, à distance, l'enterrement. Les mises en terre se faisaient toujours très discrètement, loin des pensionnaires qui, le plus souvent, apprenaient beaucoup plus tard la mort de leurs camarades depuis longtemps isolés à l'infirmerie.

Sur la tombe provisoire, deux dates et un prénom, Léonce. Il devait avoir à peu près mon âge. Tous les soirs, pendant une semaine, je suis allé là-bas pour m'obliger à pleurer, pour me faire mal en me chargeant de tous les péchés. Je revivais le départ de mon père, le jour où, à onze ans, j'avais porté la main sur ma mère et surtout mes accès lamentables de jalousie à l'égard de ma sœur, vive, enjouée et plus appréciée sur moi. Insensiblement, je m'étais surpris à haïr tous ces adultes qui l'avaient toujours préférée à moi. France-Aymée savait chanter, danser sur les tables, enjôler. On l'embrassait toujours. Et moi, on me pinçait la joue, on me tapotait le front. « Ce petit-là, sérieux comme il est, il doit bien travailler en classe. Il réussira. » Tu parles, même à l'école, France-Aymée était plus forte que moi.

Ce cimetière, Alexis, c'était mon cabinet à chagrins.

Trois jours après la mort de Léonce, on déposa une rose sur sa tombe. J'ai guetté le lendemain. Il n'y en eut pas d'autres. La semaine suivante, Léonce, qui était belge, je crois, fut rapatrié dans son pays.

4

A PARTIR de ce jour-là, mon comportement changea
beaucoup. Je fréquentais moins Guido et Willi, qui
me rappelaient trop ce que je n'aurais jamais dû
voir. Je devins un habitué de la bibliothèque et
j'abandonnai à jamais la chapelle. J'avais été déçu
par la mort et donc par Dieu. Ce que j'avais vu
l'autre jour à l'infirmerie m'avait paru mécanique
et sans âme. Les infirmiers qui paraient Léonce le
faisaient comme on plie les draps ou comme on
met de la lavande dans une armoire. Dieu devait en
être puni. Ou ignoré.

La littérature y gagna ce que la foi y perdait. Je
me suis jeté sur les romans. Rayon par rayon, j'ai
grignoté tout ce qui était en français. Je connus ma
première émotion dans *Climats*, de Maurois.
Aujourd'hui, à la réflexion, je trouverais cela un peu
bébête. Puis vinrent Hemingway, Steinbeck, Heine,
Camus, Sartre. (A Tours, c'est sûr, ils en étaient
encore à *Spirou* ou à la collection Rouge et Or...)
Enfin, le temps des préférés, Rimbaud, Radiguet,
Tourgueniev et Nimier. Ils parlaient d'amour mais
n'avaient pas tous l'air de bien savoir ou de vouloir
le dire. Moi non plus, qui ne comprenais pas
toujours et essayais de compléter mes connaissan-
ces et mes intuitions dans le *Larousse médical*.

Une fin d'après-midi de mars, le soleil chauffait déjà fort au travers des vitraux de la bibliothèque. Je me suis senti soudain tout troublé. J'étais en train de lire le *Transsibérien* de Cendrars. Cependant, la petite Jeanne de France n'avait rien à voir avec l'agacement de mes sens. Doucement, je me suis caressé entre les cuisses et j'ai découvert des bonheurs courts, mystérieux et mouillés. J'ai pris l'habitude de ces passe-temps interdits. Il me fallait d'abord choisir la bonne place, celle de laquelle on ne pouvait me voir qu'aux trois quarts dos, afin de ne me faire surprendre ni par le bibliothécaire ni par les autres. Et, avec une infinie patience que stimulait le danger, je m'appliquais à prolonger mes jouissances sans bouger les épaules.

Plus tard, Alexis, tu comprendras comment, sans s'en apercevoir, on assimile le sexe au Sexe. Ce petit bout de chair qui s'émeut et ce que l'on appelle le sexe faible. Ce morceau de nous-même qu'on leur dédie, qu'on leur impose ou qu'elles nous volent et qui pour l'instant ne servait qu'à moi, qu'à mon propre plaisir.

Je me caressais plus tard en fixant la nuque d'une fille. Les nuques ont des courbes douces et permettent à l'imagination de dériver, de s'envoler. Elles laissent entendre, supposer. Très souvent d'ailleurs, gagné par cet étrange abattement qui suit la jouissance immédiate, j'étais très déçu lorsque les nuques laissaient place aux visages.

Mais je ne vais pas aujourd'hui salir ce qui me donna mon billet pour le paradis ; un jour, plongé dans Musset, très assidu à mes activités favorites et déjà un peu machinales, je me suis senti soudain dévisagé. J'étais sûr que c'était par un regard de fille. Retraite habile. Sans quitter mon livre des yeux, j'ai entrepris de donner à mon poignet un geste plus arrondi, qui me fit gagner le nombril et me permit de me masser consciencieusement l'estomac, comme un enfant qui montre à sa mère son mal de ventre. La présence féminine s'est alors faite moins insistante. J'ai prudemment relevé la tête et j'ai découvert, non loin de moi, une nuque qui venait de pivoter. Une nuque inconnue, toute en cheveux délicatement plantés autour d'un vallon bien ordonné. Dans un roman policier, on parlerait d'une nuque à se damner. Je m'excitais avec fougue. J'avais envie de faire l'amour avec cette nuque, de la pénétrer, de jouir dans la racine de ces cheveux en forme de M.

La fille se retourne. Bien fait pour toi, Tristan. Elle t'a vu. Le fond de l'humiliation, le regard qui vous assassine au plus fort du désir. Le désir qui se cabre, qui s'épanche à jets continus. Je crois mourir de honte. Elle se lève, rassemble ses affaires dans un grand sac fourre-tout et va gagner la sortie. Il lui faudra passer devant moi. Et si elle me parlait ? Affolé, je cherche : esquive ou riposte. La voilà, narquoise, lumineuse. Et moi, face à elle, ahuri, interdit, avec mes yeux en spirale et ma braguette humide. Je ne l'avais jamais vue. Elle est visiblement ravie de me gêner et continue à me fixer, la garce. Dix secondes qui durent une heure. Elle fouille dans son sac et, le regard en coin, pose un mouchoir en papier sur mon bureau avant de disparaître. Humilié, j'aurais été incapable de me retourner et de la suivre du regard. J'avais mal : j'étais amoureux.

Toute la soirée, au réfectoire surtout, j'ai voulu l'effleurer des yeux sans risquer d'être vu. Exercice périlleux qui devait me donner l'air chafouin et dissimulateur. J'y renonçai donc et préférai préserver mes souvenirs pour la nuit.

En regagnant mon lit, je trouvai un autre Kleenex sur l'oreiller. Elle ne m'oubliait pas. J'étais fou
de joie. Et dévoré par les interrogations. Si elle se
moquait à nouveau ? Si elle m'avait fait l'aumône
de ce bout de cellulose comme on donne une alèse
à un pisseur ?

Ce soir-là, je ne me suis pas caressé et j'ai mis
longtemps à trouver le sommeil.

5

L<small>E</small> lendemain matin, je n'étais guère triomphant. Je
me trouvais moche, le visage mangé par les cernes
et les yeux un peu troubles. Des yeux à double
foyer en quelque sorte. Moi qui n'aime que les
regards purs et clairs... J'avais gardé le mouchoir en
papier dans la poche de mon pyjama. Pas la moindre indication, ni prénom, ni trace de rouge à
lèvres, pas de signe. Je partis donc en quête de
l'inconnue.

Elle s'appelait Camille, me dit le concierge ; elle
était Anglaise, arrivée ici aux premiers jours de
mars. A moi de jouer désormais. D'abord, la straté-
gie du hasard. Deux après-midi de suite, je m'installai dans la bibliothèque, essayant de me donner
une contenance. Je ne pus fixer mon esprit et relus
six fois la même page. Comme je ne cessais de
m'agiter et de me ronger les ongles en échafaudant
des hypothèses de conquête, j'agaçai bientôt tout le
monde et partis.

Il me fallut donc me rabattre sur l'offensive qui
me faisait horreur. Je n'en étais pas familier.
L'aborder directement à la sortie du réfectoire, un
paquet de Kleenex à la main ? Humour un peu
douteux. Goûterait-elle la provocation, la franchise ? Mais tant de fibres remuaient en moi que

j'étais persuadé de pouvoir, comme les médiums qui tordent les petites cuillères, influer sur le cours des choses par ma seule volonté de séduire.

Bon, allons-y. Courons à cette fille qui me fait cogner le cœur et le soupçonne si peu. J'ai la paume un peu moite et j'écrase dans la main la charpie de mouchoirs que je lui destinais. Mais je n'aurai même pas à tendre le bras. Un des courtisans m'emprunte mes Kleenex pour Camille. C'est ainsi qu'une déclaration d'amour en forme de dérisoire mouchoir en papier finit sous les narines de cette demoiselle qui la jette, inconsciente, et s'éloigne, escortée de ses prévenants admirateurs.

Malade de ne pas avoir été payé d'un simple regard, je me juge irrémédiablement empoté. J'enrage contre ces flatteurs, superficiels, et contre cette inconnue si mal entourée, sourde à ce que je crie vers elle.

Hélas ! les jours suivants ne firent que confirmer cette désagréable impression. Camille semblait ne se complaire que dans la compagnie des autres, de préférence de bandes bruyantes, assez sottes et sûres d'elles. Son rire, très sonore, me faisait mal parce que destiné à tous sauf à moi. « Elles sont toutes pareilles, m'avait dit un jour un copain sans complexes, bien avant que surgisse Camille, elles n'aiment que les mecs qui les font rire. »

Je dois te dire, Alexis, qu'à partir de ce jour-là je m'assombris et me mis à juger sévèrement les filles. Ces perruches m'agaçaient et la contemplation de cette volière relevait de l'observation scientifique. J'avais découvert Buffon dans la bibliothèque. J'aimais son écriture et son regard sur les êtres. Sa manière de les tenir sous microscope et de les détailler méthodiquement avec un luxe de détails et une exceptionnelle retenue dans le commentaire

33

me paraissait engendrer le plus sûr jugement possible. J'aurais aimé posséder ainsi Camille entre des pincettes.

Je regardais donc mes semblables avec recul et scepticisme. Les êtres me paraissaient presque trop simples à deviner. Leurs conversations d'automates ne me passionnaient pas. J'étais devenu indifférent. Tout le chemin que j'avais parcouru pour aller aux autres, pour leur parler, en forçant ma timidité, je le reprenais à grandes enjambées en sens inverse. Lorsque j'eus pris assez de distance, je m'arrêtai. Seuls trouvaient grâce à mes yeux les solitaires, les mal emplumés, les mal plantés.

Mais il y avait cette fille... Assurément, si elle n'était pas de mon genre, elle était de ma race. Elle avait une manière d'imposer le respect qui me plaisait. Elle était grande, brune, vive, souple et brusque à la fois. Elle avait une façon bien à elle de rejeter mécaniquement en arrière, d'un coup de tête, la mèche de cheveux qui lui barrait le front et lui chatouillait la paupière. Très souvent, elle le faisait sans raison, sans attendre que la mèche soit retombée. Son corps lui-même était habitué à d'aussi fréquentes contorsions. Lorsqu'elle riait, elle le jetait violemment sur le côté, en pliant le genou, avant d'entreprendre un tour sur elle-même à la manière des danseurs de hula-hoop, un jeu qui faisait rage en ce temps-là. Toujours en mouvement, elle déconcertait tout le monde. Il était impossible de la saisir en arrêt. Un tireur d'élite n'aurait jamais pu la tenir dans son viseur. Son visage était ovale. Les pommettes en saillaient et les yeux s'y enfonçaient profondément. Un profil de Tahitienne qu'accentuait une lippe charnue, délicieusement excitante. Le nez lui-même était plutôt petit, rougi sous les ailettes, et légèrement retourné. Mais on ne le voyait pas, tant éclataient le regard et la bouche. Elle ne souriait que rarement, mais la bouche, entre deux éclats de rire, était en position d'attente, mi-close, découvrant à peine des incisives très blanches. On eût voulu qu'elle fermât les yeux. Sa bouche paraissait alors si offerte... D'où la gêne qu'inspirait Camille, mélange d'innocence et de poison, blessure et couteau. J'étais fou d'elle.

Avec la tiédeur du printemps, à la mi-mai, mon organisme se fatiguait de plus en plus vite. Les séances de thérapie accélérée m'éprouvaient. Je perdais tout appétit et n'avais plus grand goût à quoi que ce soit. Je me réfugiais avec rage dans la lecture, mais j'avais perdu ma sérénité boulimique de l'hiver. Je doutais de tout. Je me croyais marqué à jamais par l'impossibilité de me faire comprendre. Pour la première fois, ma maladie me fit peur. Elle devait être grave, et pourtant je me refusai à interroger quelqu'un. Je n'avais pas envie de mendier une assurance. De toute façon, on m'aurait menti.

J'évitai désormais d'écrire à mes parents et me résolus à échanger une correspondance imaginaire avec celle que j'aimais. Sur un cahier.

La première lettre que je lui écrivis, je la gardai pour moi.

Mademoiselle que je ne connais pas,

On me dit que vous vous appelez Camille.

On me dit que vous êtes anglaise. J'espère que vous parlez ma langue. Je comprends mal la vôtre. De toute façon, nous ne parlerons peut-être pas. Depuis que je vous ai rencontrée, j'ai tout le temps envie de vous écrire, de vous parler de moi, de réserver à ces lettres des secrets que je ne vous révélerai pas.

Par exemple ceci, Mademoiselle que je ne connais pas. Je vous aime. Je ne suis pas sûr que vous soyez une fille pour moi, mais je vous veux. Pour moi tout seul. Vous appartenez à vos courtisans, et pourtant ils ne me valent pas. Ils n'ont pas mon exigence, mon goût de l'absolu. Ils sont impurs, Camille. Ils savent peut-être mieux parler que moi, mais, regardez-les, ils n'ont rien à dire. Leur sang est déjà tout vicié. Le mien n'est pas assez rouge, mais il est clair, je vous le jure. Je suis prêt à vous le donner.

Trouvez ça mièvre si vous voulez. Je suis tout juste un peu plus jeune que vous. Et je vous aime.

Je vous embrasse très fort.

6

Tu le vois, Alexis, j'ai vite appris à détester ces adolescents haut perchés, bardés de certitudes et de confiance en eux. Ceux-là parlaient trop fort, trop sûr. Ils avaient un avis sur tout. Chez eux, un écho attrapé au vol devenait rumeur, puis argent comptant. Leur manquaient la tendresse, la nuance, le goût des craquements et des fêlures qui ne se colmatent pas. Au fond, tout juste arrogants, ils n'avaient rien de bien méchant. Et peut-être les jalousais-je plus que je ne les méprisais. Les plus âgés d'entre eux remportaient des succès faciles avec les filles. Les moins aguerris contrôlaient déjà leurs muscles, jouaient avec leur corps et brillaient dans plusieurs disciplines sportives. Et moi, partout, je me traînais.

A la vérité, je les soupçonnais sans doute aussi d'avoir été à l'école ces tyranneaux de préaux, ces jeunes coqs de salle de classe que je redoutais tant. Non que j'eus moi-même à en souffrir (mon indépendance voisine de l'insolence me préservait des poseurs de glu), mais parce que l'injustice m'écorchait le cœur. Je garde encore le souvenir de ces souffre-douleur choisis avec cynisme dès le premier trimestre par une classe quasi unanime et traînant leur infortune pendant une année entière en priant le ciel pour que la promotion suivante fût plus indifférente à leur égard. Souvent, il s'agissait d'obèses qui soufflaient et suaient pour éviter les mauvais coups. La plupart du temps, la protection venait du maître et, très vite, les souffre-douleur se rapprochaient de l'estrade, cumulant les premières places dans les rangs mais rarement dans les classements. Ce recours à l'autorité, ce collage à l'étranger apparaissaient odieux aux tortionnaires en culottes courtes, qui accentuaient en retour leurs persécutions quotidiennes. Quinze ans après, je n'ai pas oublié ce petit binoclard à qui une moitié de la classe venait d'écraser ses lunettes méthodiquement. Parfois, les plus pétochards tournaient casaque et tentaient d'intégrer, avec des fortunes diverses, le groupe des pieux redresseurs de torts en désignant plus faible encore à leur appétit. Cette médiocre comédie humaine se dessinait ainsi dès huit-neuf ans et préfigurait les plus lâches affrontements des âges adultes.

C'est vraiment pour toi, Alexis, que j'écris ces pages qui m'éloignent de mon histoire. Tu as douze ans et je te veux plus tard comme moi. Toujours en révolte. Quand j'avais ton âge (et longtemps après d'ailleurs) mon cœur allait toujours à ceux qui traînaient leur besace d'oppressions depuis le berceau et n'étaient pas près de s'en débarrasser. Mais je dois t'avouer que mon courage ne m'a que rarement conduit à m'interposer ou à conforter les plus humiliés. Je me suis pourtant surpris à prier dans une église pour un professeur d'histoire (qui n'était même pas le mien et à qui je n'avais jamais adressé la parole), raillé de tous et à vrai dire assez grotesque. L'homme accumulait sur ses épaules toutes les détresses du monde lycéen : accoutrement élimé, silhouette sans grâce, bossue et grisâtre. Tu ajoutes à cela un cartable pelé, tu mets le tout sur un vieux vélo rouillé et tu as là un Paillasse de foire sur lequel s'acharneront tous les écoliers du monde. C'est en tout cas ce que firent ceux de Tours, sournoisement encouragés par les collègues de ce maître sans âge.

Je vomissais ce manège, Alexis, et, sans éprouver la moindre affection pour cette caricature, je lui trouvais des allures de Christ et j'en faisais un vague symbole de l'oppression. En fait, j'aimais peut-être aussi me châtier à coups de pitié et de cas de conscience. Tu comprends mieux maintenant ma haine des forts en gueule et des dresseurs de potence en chambre. Je les mets dans le même sac que ceux qui plus tard ont sali mon paysage intérieur.

Pour l'heure, en ce jour de mai, ceux qui faisaient écran entre Camille et moi étaient de la même eau. Et c'est pour les ignorer que j'adressai un deuxième message à la femme de ma vie.

Ma deuxième lettre. Pas envoyée non plus.

Miss Camille,

Vous tutoyer ?
Par pudeur
Me noyer
En vous, en toi.

Vous effleurer
D'un coup de cœur
Vous voir pleurer
Juste pour moi

Vous conquérir
Pour une heure
Vous faire rire
Etre ton roi.

7

JE voulais Camille et je la voulais violemment. C'est surtout au petit matin qu'elle me manquait. En attendant le jour, j'échafaudais les rêves les plus fous et les plus ordonnés. A mes côtés, Camille en chemise de nuit d'organdi (je n'avais aucune idée de ce qu'était l'organdi), Camille enceinte. Là non plus les mystères de l'enfantement n'apparaissaient pas très clairement à mon cerveau, mais je ne pouvais l'imaginer qu'enceinte, et plutôt pâle. Très pâle même. Deux gros coussins sous les reins, elle cousait, comme on le faisait au Moyen Age, au coin des cheminées immenses, en attendant le retour du seigneur et maître. Tu le vois, Alexis, ce n'est pas vraiment un rêve de féministe. Pourtant je suis sûr que dans mes songes je ne me posais pas en dominateur. Je n'avais jamais tout à fait défini les relations que je tissais avec Camille dans ces moments-là. Comme je connaissais mal le son de sa voix, je ne m'entendais pas lui parler et moins encore l'écouter. Nos aubes étaient donc silencieuses. Nous nous aspirions du regard de longues heures durant. Sa mèche rebelle faisait tournoyer mon imagination.

J'offrais aussi mes crépuscules à Camille. J'étais

alors presque toujours en balade. Seul. Je m'éloignais chaque soir un peu plus du sana et cette fille de rêve m'accompagnait. Elle habitait chez moi et entrait sans frapper. J'étais délicieusement envahi. Qu'est-ce que je faisais, avant, de toute cette place ?

Un soir d'été, je sortis plus longuement qu'à l'habitude et il me fallut recourir à des ruses de Sioux pour ne pas éveiller à mon retour la curiosité du personnel qui depuis longtemps déjà avait sonné le couvre-feu.

Sur la route de Weitershausen, j'avais posé ma bicyclette près d'une chapelle désaffectée qui me plaisait beaucoup. Je venais souvent là pour m'interroger, parce qu'à l'époque j'adorais faire le point. Il me fallait toujours jalonner ma courte vie de repères entre lesquels, au cordeau, je mesurais le parcours accompli. J'essayais de le faire avec cynisme, mais je n'étais que sceptique.

Je fus distrait de mes rêveries par le bruit d'un pédalier de vélo. Quelqu'un venait à la chapelle. Un rêve un peu fou, Camille... Mais la chaîne de vélo, un moment silencieuse, reprit son cliquetis rouillé. Visiblement, ma présence, ou celle de ma bicyclette, avait gêné. Par la fenêtre, je pus voir une silhouette furtive, une jeune femme vêtue de noir, et, sur son porte-bagages, un petit enfant. Cette femme m'intriguait. Venir ainsi à Dieu en l'un de ses domicile abandonnés et craindre une présence étrangère... J'étais sûr qu'elle reviendrait. J'ai donc caché mon vélo et me suis embusqué derrière un muret. Un .instant, je crus deviner la présence de l'étrangère dans les fourrés qui me faisaient face et qui avaient bougé. Mais non... Quelques minutes plus tard, le même souffle rauque de la bicyclette rouillée. La jeune femme à la peau mate était belle mais inexpressive. Ses yeux semblaient tournés vers l'intérieur. Elle prit l'enfant sous son châle et pénétra dans la chapelle. Un long moment s'écoula. Quand elle ressortit, ses yeux étaient rouges et plus étranges encore. Elle était seule. Elle repartait sans son bébé. Je n'osai pas entrer à nouveau dans l'oratoire. Paralysé par avance par ce que je craignais de découvrir, j'ai préféré regarder par la fenêtre. L'enfant était bien là, allongé sur deux prie-Dieu qui se faisaient face. Mort.

Inutile de te dire, Alexis, que je suis revenu au sanatorium avec des jambes de plomb. J'étais obsédé par l'image de cette femme que j'avais peut-être dépassée à l'aller, cette femme et ce bébé mort sur son porte-bagages. Imagine un peu : la vie qui pédale sans regarder derrière elle, et la mort qui s'accroche, qui pèse et qui se tait...

J'ai longtemps gardé cette lettre avant de la lui donner.

Camille,

Il faut que je vous raconte la mort. J'ai vu hier une jeune femme qui aurait pu s'appeler Camille et qui pédalait parce que la mort s'était accrochée à son dos. Depuis que je suis gosse, j'ai l'impression que l'Ankou dont me parlait ma grand-mère, en Bretagne, me flatte et me talonne. Je me suis habitué, je n'ai pas peur. Je sais que je vais mourir avant les autres. Mais je voudrais que ce soit avec vous. Ou après vous avoir connue.

Brûlez-moi.

TRISTAN.

8

IL me fallut deux jours pour me débarrasser de ce secret vénéneux. Parler, c'était me libérer et confier un peu de ma charge à un autre. Je choisis Guido, qui avait déjà vécu avec moi la dernière toilette de Léonce et savait respecter la mort. Trop de garçons et de filles à Weitershausen aimaient le sacrilège par bravade ou pour conjurer le sort. Moi, j'étais plutôt superstitieux. Mais Guido restait assez incrédule.

« Tu racontes ça parce que c'est dans tous les journaux. On a découvert un petit cadavre dans une chapelle tout près d'ici.

— Mais je te jure que je n'ai pas lu les journaux. »

Je m'en voulais d'avoir livré mon secret, désormais partagé avec ce maladroit. Et pourtant, dans mon dos, une voix :

« Vous moquez pas. Tout ça, c'est vrai, je l'ai vu. »

C'était Camille. Au milieu de ce réfectoire bourdonnant de conversations futiles, elle avait entendu et venait à mon secours. Mais pourquoi donc, puisque j'étais seul là-bas ? Je lui adressai un sourire pâlot. « Merci et pitié, disait-il. Je vous ai tant attendue, Camille, mais fallait-il que ce soit ici et maintenant ? M'expliquer devant tous ? »

Camille avait compris du regard. Elle me fit un clin d'œil qui me combla de bonheur. Elle était adossée à moi. Jusqu'à la fin du repas, je frémissais comme un jeune saule en sentant parfois sa colonne vertébrale qui effleurait la mienne.

Après le déjeuner, elle vint directement à moi, me dispensant des petits couplets introductifs que je m'étais préparés.

« J'y étais vraiment, tu sais... »

C'est elle en effet qui s'était cachée dans les épineux et qui un moment m'avait alerté. Elle ne me suivait pas, elle était là par hasard, disait-elle, et avait simplement été intriguée par la présence d'un vélo du sana. Après mon départ, elle avait pénétré dans l'oratoire et vite embrassé l'enfant mort sur le front. Elle était rentrée à Weitershausen juste derrière moi.

Elle avait dit tout cela sans excitation apparente. Elle semblait en retrait par rapport à mon émotion. Je vivais encore la scène. Elle la décrivait. Pas d'affectation non plus. Sa détermination un peu froide la rendait redoutable. J'étais tout à la fois impressionné et déçu. Ainsi donc, elle ne me suivait pas. La rencontre n'était pas provoquée. Moi qui pensais m'être paré aux yeux de ma bien-aimée de la tunique des Égaux, de ceux qui se reconnaissent du premier coup d'œil, l'élite parmi l'élite...

Allez, la belle affaire. Elle est là, devant toi, à toi. Elle te parle, Tristan. Et sa mèche qui gigote devant ses yeux... Ses gestes brusques, son bout de langue entre les dents, son ironie de petite fille trop vite grandie...

Je faisais durer la conversation pour capter son regard. A quinze ans, j'avais une très petite expérience des êtres et de mes rapports avec eux, mais je commençais à discerner mes forces et mes faiblesses. Ainsi, mes yeux. Ils me plaisaient assez. Je crois même que c'était tout ce que j'avais qui pourrait, plus tard, séduire.

Je leur trouvais un air franc. Je détestais les prétendus beaux yeux, où tu plonges sans rien rapporter. Par jeu, je plantais parfois comme des banderilles mes regards dans ceux d'un inconnu. Ceux qui ne les soutenaient pas étaient classés. D'où ma réputation d'insolence auprès des professeurs ou d'adultes mal dans leur peau. Je tenais malgré tout à ces duels. Plus tard, ce regard serait mon arme. Grâce à lui, j'envoûterais.

Mais, ce jour-là, je savais qu'il me fallait seulement retenir près de moi cette fille qui brûlait tant de passion en elle et autour d'elle. Camille me parla beaucoup de la mort, qui semblait la fasciner.

« J'aurais bien aimé mourir comme ce bébé.

— Mais tu n'aurais rien vu du monde.

— Il n'y a rien à voir. Tout est moche. Tout est à jeter. »

Je ne te jure pas, Alexis, que je vais retranscrire fidèlement notre dialogue du moment. Les mots étaient sans doute différents — nous étions jeunes — mais c'était ça. Il faut que tu comprennes que ce que venait de dire Camille, je me le répétais, avant de la connaître, cent fois par jour. J'étais fou de joie à l'idée de partager enfin mon dégoût. Et je n'aurais jamais supposé que cela puisse être avec une fille qui vivait comme un soleil et se gavait des petites facilités de la vie.

« C'est plus tard qu'il faut mourir, Camille. Quand tout commence à pourrir en toi, quand la pente redécline, quand tu crèves de toujours concéder. Mais ça, c'est pas à quinze ans. Tu peux encore cracher à la figure de qui tu veux.

— Tu parles comme ma mère, française comme toi. C'était une fille terrible. Elle était danseuse étoile à Londres, insultait tout le monde. Elle dansait sur les tables et quittait les repas qui la faisaient chier. Tout le monde était à ses pieds et elle leur foutait à tous des coups de tatane. Ils prenaient cela pour des chaussons de ballerine et ils en redemandaient. Mon père la laissait faire ; il l'adorait. Un jour, elle s'est taillée avec un gros plein de fric, un type qui s'était enrichi dans l'étain en faisant suer la misère des petits. Elle m'a dégoûtée. C'était il y a deux ans. Je ne l'ai plus revue. Elle n'a même jamais demandé de mes nouvelles. Mon père a vieilli de dix ans. C'est aujourd'hui un vieux jeune homme tout fragile, qui va peut-être se casser un jour. Et tu voudrais que je renifle avec les floués, que je floue les floueurs...

— Les vieux dans l'âme me dégoûtent aussi, mais je suis sûr qu'on peut guérir de ce mauvais pus. C'est une question de microbe. Ces bêtes-là ne s'attaquent pas aux cœurs ardents. Il faut tenir. Moi, je voudrais mourir à trente-neuf ans. Pas avant, pas après. A trente-neuf, t'as pas quarante, c'est psychologique. T'as eu le temps de vivre, pas encore de survivre.

— C'est drôle de se donner une limite comme ça. Tu verras, plus tard, tu voudras la reculer. Dans ces cas-là, tous les prétextes sont bons.

— Chopin est mort à trente-neuf ans. Et c'est mon dieu. D'ailleurs, tous ceux que j'aime n'ont jamais dépassé les quarante. Lautréamont. Radiguet. Rimbaud.

— Les autres, je connais pas, mais Rimbaud est mort beaucoup plus jeune. A vingt-neuf ans, il n'écrivait plus une ligne.

— Ça, c'est pour la légende et pour les anthologies de la poésie française. Qui te dit qu'il se méprisait parce qu'il n'écrivait plus ? Qui te dit même qu'il n'écrivait plus ? Peut-être que dans ses voyages il continuait à faire des poèmes et qu'il jetait tout parce qu'il était plus exigeant que nous à notre âge. Je suis sûr qu'après trente ans il a voulu vivre tout ce qu'il n'avait fait que rêver. Ce Rimbaud-là n'intéresse pas la littérature parce qu'elle est égoïste, mais ça devait être quand même un sacré bonhomme...

— Toi aussi, t'es un sacré bonhomme. Tu ne comprends rien à la mort, mais t'es moins con que les autres. Et puisque tu aimes les cœurs ardents — drôle de mot — je vais te montrer quelque chose. »

Camille déboutonna son corsage, me prit la main et la pressa sur le haut de son sein gauche. C'était chaud, doux, un peu rond. Elle me planta son regard dans les yeux, avec un petit air rigolard. Et elle s'enfuit à toutes jambes.

Et moi je restais là comme un couillon, fou de bonheur. Cette fille-là, je l'aimais plus que tout au monde. Deux ou trois fois pendant que nous parlions, les larmes m'étaient venues aux yeux. Cela m'arrivait quand je me sentais en profond accord avec quelqu'un, à en être inondé de plaisir. J'avais toujours pensé qu'on ressentait ainsi les effets de l'harmonie, comme un violon réveille un jumeau accordé.

Comme moi, Alexis, tu aurais fondu de bonheur après cet au revoir qui valait toutes les poignées de main du monde. Je fermai les yeux pour choyer le souvenir du contact de ma paume sur cette chair si douce et si chaude. Cette main-là, je ne me la laverais pas de sitôt. Elle sentait si bon.

9

CETTE nuit-là, le dortoir s'est agité. Vers onze heures, les garçons furent réveillés par le surveillant qui ouvrait bruyamment la fenêtre. Dehors, on lançait des cailloux. Personne dans la cour. L'abbé se penchait ; mes camarades en profitèrent pour se bousculer derrière lui et, moi, pour me faufiler vers la porte. Instinctivement, j'avais parié pour une invention de Camille. Cela venait d'elle, en effet. Dès qu'elle me vit, elle susurra mon nom et je la rejoignis sous les voûtes du cloître.

« Tu sais, je ne suis pas très bien en ce moment et je n'arrive pas à dormir. Je voulais encore parler. »

Elle était là, très grande, très blanche. Mais pas livide comme un malade. Seuls, dans l'obscurité, ses cernes sur des pommettes affirmées et des joues creusées lui donnaient une gravité qu'elle n'avait pas de jour. Elle ne portait qu'un châle sur sa courte chemise et je la trouvais fragile et intensément désirable. Face à elle, en pyjama et pieds nus, je me sentis mal à l'aise. Pour me donner de la prestance, j'ouvris ma veste, comme le font au cinéma les héros qui savent plaire. Restait ce pantalon à cordelette. Grotesque. Ne pas rester face à elle. Je l'entraîne pour marcher à ses côtés. Nous

nous arrêtons devant un petit escalier menant à une porte condamnée.

Assis sur les marches, nous avons longtemps parlé. Surtout pour écouter nos voix et la musique qu'elles faisaient en se frôlant. Dans la nuit, les conversations murmurées prennent une couleur d'orgue voilé.

Camille, alors, laisse aller sa tête sur mes genoux. Les yeux fermés, je lui caresse lentement les cheveux. Tant d'odeurs remontent de cette chevelure ! Je la sens frémir quand je m'attarde sur la nuque, juste à la racine des cheveux. Ses yeux étaient, comme les miens, mi-clos, et dans cette pénombre de l'âme elle me dit : « Prends-moi. » Je la serre dans mes bras, je lui embrasse le front, le nez, les joues et, très doucement, les lèvres. Elle me passe les bras autour du cou et m'étreint beaucoup plus fort en m'emprisonnant la bouche. Je n'avais jamais embrassé une fille et je ne savais pas, Alexis, combien tout se trouble alors. Maladroitement, je cherchais à la contenter plus qu'à me faire plaisir.

« Prends-moi, répétait-elle, fais-moi l'amour.

— ... Je ne l'ai jamais fait.

— Je m'en doutais. Je vais t'apprendre. Mais pas ici. »

Nous nous sommes relevés sans trop nous regarder. Elle me conduisait. Arrivés dans la salle de gymnastique abandonnée, elle s'étendit à mes côtés sur un tapis de mousse près du cheval-arçons.

« J'ai peur de ne pas bien savoir. »

Je dois dire qu'à ce moment-là j'étais plus préoccupé qu'excité.

« T'inquiète pas ; moi, je sais. »

Elle savait.

J'avais du mal à reconnaître Camille dans cette

51

longue liane qui s'enroulait autour de moi, me caressait le ventre et dénouait la cordelette de mon pyjama. Un boa à qui tu demanderais de t'étouffer de plaisir... Tout en elle était animal. Son pubis et ses hanches se collaient à moi. Je les aimais déjà. Je ne cessais de les découvrir en les caressant. Enhardi par l'obscurité, j'explorais des merveilles nouvelles. Je la sentais réagir à mes appels du doigt. Toute sa peau était en éveil. Parfois elle feulait, me brusquait, me repoussait, se lovait autour de moi. Elle était folle, me rendait fou. J'aimais tout en elle, j'apprenais tout d'elle. Sa musique était la Musique.

Notre étreinte ne fut pas très longue ; je n'avais pas encore appris à me maîtriser. Alexis, mon bonheur fut inouï. Surtout le moment de cristal où se rencontrèrent nos regards qui s'étaient pratiquement évités toute la nuit. Nous portions en nous tant de reconnaissance amoureuse (moi) et de câlinerie tendre (elle)... Jamais je ne pourrai aimer plus fort.

Plus tard, en la raccompagnant, me vinrent les gestes du protecteur. J'appris à jouer d'une épaule, à la prêter. Mon bras sur son cou me vieillissait d'une adolescence. J'étais en train de donner et quelqu'un attendait. Pour un égoïste comme moi, c'était un plaisir nouveau. Il me convenait parfaitement. Camille était redevenue petite fille et j'étais beaucoup plus que son grand frère. J'ai voulu la porter. Accrochée comme un bébé à mon cou. Tu sais, le couple du Far West qui vient de s'unir et franchit le seuil du foyer...

Bonsoir, ma Camille. Aucun de nous ne pourra détacher sa pensée de l'autre.

Chacun dans notre lit, cette nuit-là, les yeux ouverts, nous avons attendu le matin.

10

Le lendemain, nos visages étaient lumineux comme des lampes survoltées, éclairés de l'intérieur. Nous avons refait l'amour dans l'ancienne salle de gymnastique. J'essayais cette fois de compenser mon inexpérience par une grande attention à elle, ce qui n'était pas dans ma nature. Je n'éprouvais qu'un plaisir rapide à l'éjaculation, mais j'aimais la pénétration et les préludes amoureux. J'adorais surtout sentir vibrer Camille, la voir réagir à une pression sur les touches de son clavier. J'avais une folle envie de la contenter, de lui donner plus que je n'avais jamais donné. Trop donner gâte, me disais-je jusqu'alors. On évente les parfums de ses coffres et on libère les mystères de ses armoires. Le débordement des sentiments m'inspirait toujours un mouvement de recul. C'est pourquoi j'observais avec des yeux ronds, un peu effarés, les contorsions et les plaintes geignardes de Camille sur sa couche de mousse. Cette libération de tant de passions cachées, peut-être honteuses, j'étais seul à la provoquer. J'en concevais surprise et fierté. J'avais du mal à comprendre d'où remontaient ces fonds d'âme. Peut-être étaient-ils aspirés par quelque sorcellerie. Au Moyen Age, on condamnait bien les pucelles soupçonnées de tacher de leur sang les hommes trop empressés.

Loin de vouloir les étouffer, je soufflais sur ces retours de flamme qui me faisaient fondre de plaisir. J'aimais aussi beaucoup le decrescendo. Son corps qui s'apaise après les derniers soubresauts de la jouissance. Sa sérénité, le brillant de ses yeux et le rouge provocant de ses pommettes.

« Tu ne peux pas savoir comme j'étais bien. J'en ai tant besoin avant de mourir. »

Que voulais-tu répondre à ça ? J'avais lu que dans ces moments-là les femmes pouvaient être excessives et leurs déclarations autant de pièges. On disait même qu'elles savaient simuler les cris du plaisir pour combler les coqs les plus vaniteux.

Tout de même... Je l'interrogeai un peu plus tard :

« Qu'est-ce que tu as voulu me dire ?

— Quand ?

— Quand tu as parlé de mourir.

— Moi ? T'es fou ! Ce n'est pas mon genre.

— Mais j'ai entendu...

— T'as rien entendu du tout. »

Camille aimait beaucoup provoquer ; deux ou trois fois ce jour-là — c'était une fin d'après-midi — elle me fit des niches ou me surprit par des volte-face. Je la laissais alors aller et venir comme le font les petits garçons qui savent ne pas pouvoir prendre les poissons rouges des bassins.

J'étais intrigué par cette fille-là. Toutes ces saute-relles qui s'abattent sur les garçons ne devaient que d'assez loin lui ressembler.

Je l'aimais et pour rien au monde je n'aurais confié mon amour à quiconque, pas même à elle. Par pudeur et par peur d'une réponse déroutante. J'étais sûr qu'elle se trouvait bien avec moi, mais m'aimait-elle ? Elle était parfois si lointaine. Ne pas savoir me remplissait de volupté. J'aimais cultiver cette incertitude, aux portes du danger, ne penser qu'à elle en me questionnant. Et attendre le moment délicieux...

Les deux semaines qui suivirent m'apportèrent une grande exaltation de l'âme. La nuit, je noircissais les pages de cahiers tout prêts à accueillir un cœur trop gonflé ou une tête trop bouillonnante. Je n'étais pas le seul et j'en étais irrité. Aussi préférais-je lui écrire des billets doux que je ne lui adresserais jamais. Surtout qu'elle ne sache pas... C'est si facile d'être l'être le plus aimé, donc l'être aidé. Et je ne voulais pas qu'elle en joue.

Je te l'ai dit, Alexis, j'aurais souhaité que notre liaison restât secrète. C'était ma chose, mon tiroir à trésors. Je pouvais jongler le soir avec mes souvenirs de la journée et les ranger, encore tout vivants. Mais Camille n'avait pas mon caractère. Elle était infiniment plus expansive, plus démonstrative. Elle faisait claquer son choix comme un drapeau sur un champ de bataille. Elle s'affichait bruyamment avec moi, m'embrassait sur la bouche pendant les inter-cours et me contraignait à un recul gêné que je me reprochais aussitôt. Ma timidité me bridait. Je n'arriverais donc jamais à être spontané. Pourtant, le soir, je flattais doucement ma fierté d'avoir été choisi par la plus ravageuse, sinon la plus belle de toutes.

J'avais observé que le coucher de soleil me donnait beaucoup plus d'ardeur et de force d'âme. On dit, Alexis, que le géant Antée perdait tout pouvoir lorsqu'il n'était plus en contact avec la Terre, sa mère. Hercule l'avait vaincu, en le soulevant à quelques centimètre du sol. Il devait y avoir quelque magie semblable sur moi. L'obscurité et le crépuscule me donnaient courage et volonté. Volonté de me dominer, de dominer les autres, de gagner, de prendre les paris les plus fous. La nuit était mon amie, comme celle de tous les faibles. Mes moments de plénitude absolue, je les goûtais vers sept ou huit heures. Je m'éloignais alors souvent du sana et j'écoutais. Je regardais dans la direction du collège. Devant moi, le village et ses bruits familiers, des voitures qui démarrent, des chiens qui aboient, de lointaines disputes. Et puis, derrière, l'immensité de la montagne, une rumeur de mer, un bruit de perpétuelles avalanches. Je suis à la frontière du connu et de l'inconnu. Des eaux mêlées charrient en moi la peur aussi bien que le confort de l'âme. En tendant la main vers le sud, je désigne la chaleur du foyer que je vais retrouver, Camille, le lien avec le monde qui s'agite. En offrant ma paume au nord, je choisis le froid, la violence, l'état sauvage. A tout moment, je m'attends à voir surgir Guillaumet, le héros des Andes qui avait quitté son avion blessé et marché des jours et des nuits dans la neige à la rencontre de la vie.

Dans ces moments-là, j'étais alors Guillaumet ou Robinson Crusoé ou Aramis (jamais d'Artagnan, un peu trop gendre idéal à mon goût), ou bien encore le personnage principal d'un roman scandinave qui m'avait emballé. Je devenais ce garçon de treize ans qui s'était juré, au début du siècle, de retrouver un trésor sous-marin.

Bref, Alexis, au crépuscule, je n'avais pas de petites ambitions. J'aurais provoqué la terre entière et j'affrontais avec orgueil les exubérances amoureuses de mademoiselle Camille.

11

EXUBÉRANTE, Camille, mais aussi experte. Sa connaissance des choses intimes de l'amour me troublait souvent. Elle me comblait aussi. La sensualité de sa passion avait quelque chose de très sauvage et se pimentait de provocation. Elle recherchait délibérément les situations délicates ou même scabreuses. Elle aimait à me gêner et n'hésitait pas, par exemple, à me faire l'amour dans le réduit réservé aux gens de ménage et à leurs ustensiles. Elle affectionnait le plein jour, les pas qui résonnent dans les couloirs et la porte qui à tout moment peut s'ouvrir. Elle avait besoin de risques et ses transports étaient à la mesure de ceux qu'elle courait.

Apprenant tant d'elle, je m'interrogeais. Jusqu'à l'obsession. Qui lui avait donné cette expérience ? Quelle avait été sa vie amoureuse avant de me connaître ? J'abordai une nuit ce terrain mouvant. Elle fut d'abord hostile, puis fuyante. Et moi, qu'avais-je donc fait jusqu'alors ? Mes arguments n'avaient guère de mérite à être convaincants. Avant elle, je n'étais rien, n'avais jamais été éveillé aux plaisirs du corps, sinon solitaires. Ma connaissance des femmes n'était que livresque. J'habitais en ce moment la peau du héros de *Premier Amour* de Tourgueniev et me confondais avec lui comme naguère, à Tours, je m'étais imprégné de Stendhal, précédant d'un quart de ligne la moindre hésitation de Julien Sorel. Bref, ma virginité était sans tache. Mais, Camille, pourquoi m'avoir dit le premier soir que tu savais faire l'amour et que tu me l'apprendrais ? Au fond, j'aurais préféré ne rien savoir et croire tout découvrir au même instant que toi. Mais tu avais voulu que je sache.

Plusieurs fois pendant son récit, elle me fit mal, mais j'avais choisi, il fallait écouter jusqu'au bout. Franche jusqu'à l'impudeur, Camille raconta tout. Elle avait pour la première fois connu l'amour physique, et lui seul, à treize ans et demi. C'était avec un officier de la Royal Navy. Je n'en étais pas trop jaloux. Il avait la trentaine et naviguait dans un monde installé qui n'était pas le nôtre. Mais, plus tard, il y eut un garçon de dix-neuf ans, qui prenait des cours d'art dramatique. Fort beau, disait Camille. Il paraissait surtout avoir remué son jeune cœur. Ils avaient vécu ensemble, à la faveur d'un voyage de son père. Et la séparation, au moment de son entrée à Weitershausen, avait été rude. Depuis, ici, quelques aventures dont Camille jurait qu'elles avaient été sans lendemain. Je préférais ne pas en savoir plus.

En y repensant plusieurs fois dans la nuit et les jours suivants, j'ai souffert, Alexis. Je les sentais, cette boule à la gorge et cette oppression de la cage thoracique dont parlent souvent les romanciers. Cage à cœur, cœur en cage.

Je détestais autant ma stupide insistance à fouiller le passé que la tranquille assurance de Camille. Elle tournait ses pages avec un naturel qui eût pu paraître gracieux à tout autre que moi. Mon cœur en concevait un dépit qui n'allait pas tarder à ressembler à de la jalousie. Nous continuions à nous voir fréquemment avec toujours autant d'enchantement, mais, lorsque j'étais seul, le doute empoisonnait le souvenir.

Ce qu'elle avait été il y a un an, il y a seulement deux mois encore, pourquoi ne le serait-elle plus par la grâce de notre seule rencontre ? Je pris davantage ombrage de l'amitié garçonne et souvent équivoque qu'elle entretenait avec son ancienne bande. Elle l'avait pourtant désertée depuis plusieurs semaines, mais les repas restaient autant d'occasions de plaisanteries parfois ambiguës. Quelques sous-entendus appuyés me mettaient en révolte. Mais le pire était encore à venir.

Je te raconte.

Elle se rendait assez régulièrement à la bibliothèque. La pièce était parfumée de notre premier souvenir. J'en avais fait une manière de sanctuaire et je n'y retournais que pour prendre ma drogue de la nuit, ces livres, les ailes de l'évasion.

Un jour, en douce, je l'y suivis. Avec l'intuition que la journée serait fatale. Il me manqua le désir d'arrêter là cet agacement du sort. Mon pressentiment ne m'avait pas trompé. Il n'y avait dans la salle que son foulard. Je courus fiévreusement dans les dépendances et j'entendis du bruit dans une galerie attenante. C'était bien elle, mais pas seule. Je reconnus un garçon de sa bande. Un sinistre snob, trop élégant. Ils étaient debout, collés l'un à l'autre ; sa jupe relevée laissait voir la main de l'assassin d'un rêve. Il la faisait jouir bruyamment sans que leurs visages se touchent. Elle, debout, les jambes légèrement entrouvertes, lançait son buste en arrière, retenu par le bras de ce salopard qui se frottait nerveusement à elle.

Je souffrais les mille morts. Dans ma chambre, j'eus un vertige. Je restai prostré au pied de mon lit. Dans la nuit, on me transporta à l'infirmerie.

Brouillon de ma quatrième lettre. Celle-là, je l'ai
envoyée.

Il pleut des gouttes d'acide dans mes boyaux.
Vénéneuse Camille, tu m'avais laissé ton poison.
Tes petites boules de mercure sont partout. Je ne
pourrai plus jamais m'en laver. Elles roulent et
s'enroulent, font des enfants, des milliers d'enfants
quand on veut les saisir. Elles se glissent dans mon
corps fendillé. Elles s'immiscent et dégoulinent.
Elles occupent le terrain. Elles m'étouffent.

Des machines de torture broient mes côtes. De
gigantesques presses se referment, millimètre par
millimètre. J'ai du mal à respirer. Je te veux, je
t'aime, j'ai peur et je te hais. Tu me fais un mal de
chien. Je ne savais pas que c'était ça, la jalousie.

12

La lettre resta sans réponse.

Je traînais la patte comme une bête blessée. J'éprouvais une jouissance malsaine à appuyer sur mes plaies pour provoquer la douleur. Mon esprit n'était plus occupé que par elle. Ma jalousie tambourinait sur mon sternum. Je n'aimais pas cette compagnie, vulgaire comme un parfum bon marché. Une maladie d'ivrogne obsédé ou de roman-photo. La jalousie, ça n'a rien de noble, ça rend bête et ça gratte.

Ça vous rend gâteux, Alexis, prostré et électrique tout à la fois. Et puis, surtout, ça fait égoïste et très couillon. On est là, avec son stéthoscope, on s'écoute le cœur, les tripes, le cervelet...

J'essayais plutôt de penser à notre amour, à ce que Camille pouvait ressentir, à ce qu'elle était en train d'abandonner de nous pour se délester, à ce qu'elle allait regretter. Se mettre à sa place n'était qu'un artifice, mais qui me permettait d'être plus fier de ma souffrance. J'étais amoureux de mon amour.

A Camille, encore.

Tu m'as décroché mes étoiles. Tu as donné de grands coups de hache dans notre amour. Tu m'as cassé mon rêve. Tu m'as sonné comme un boxeur. Je ne marche pas encore sur les genoux, mais j'ai les chevilles en coton. Tout se dérobe. Je ne sais plus où aller. Je me cogne. La seule porte de sortie, c'est toi et c'est fermé. J'ai voulu cent fois courir parce que je te voyais, mais, comme dans les aéroports, les baies étaient en verre épais. Ça fait mal quand on croit décoller et qu'on se les prend de plein fouet. On tombe comme les chevaux dans les abattoirs sous le coup bien placé d'un maillet. Tout s'écroule à cette seconde, tu meurs debout, le décor s'effondre ; les jambes rentrent dans la tête, la tête s'enfonce dans le sol. Et si, par hasard, tu en réchappes, c'est pour mourir quelques mètres plus loin, devant une autre porte vitrée.

De l'autre côté, il y avait ces avions qui partaient, ces bonheurs qui s'agitaient, ces amours qui se bécotaient au grand jour. Tout cela, je le vois encore. Le regard est vitreux et l'esprit est déjà épais, mais je devine confusément ces vies, ces silhouettes, la tienne bien sûr parmi elles. Tu vas sans doute passer devant la porte. Tu vas dire : « Oh ! » Et presque en même temps tu me reprocheras déjà le trouble que cette fin misérable va t'apporter. Tu vas m'en vouloir parce que tu ne pourras pas t'agenouiller. Il y a trop de monde autour de toi, trop de badauds pour regarder ce corps recroquevillé. Tu ne voudras pas donner notre fin en spectacle. Et puis tu te diras : « Mais je lui avais dit de ne pas venir. Il est fou. Il me fait mal autant qu'à lui. Nous aurions parlé chez moi, loin des autres. J'aurais fait le ménage dans cette vie que je viens de vivre et dont il se faisait une montagne. Beaucoup de choses seraient parties d'elles-mêmes. Et puis qu'est-ce qu'il est allé s'imaginer... »

Beaucoup, trop, Camille, c'est sûr. Mais, quand tu vivais cette vie-là, tu la vivais sans moi. Il t'en restera des morceaux qui ne m'appartiendront jamais. Moi, j'attendais ton retour. Tu l'as cent fois différé. Peut-être as-tu réussi à te construire une indépendance, mais pendant ce temps-là, moi, je fabriquais ma dépendance. Et ma dépendance me minait. Elle s'en prenait à mon amour. D'heure en heure, elle devenait suicidaire. Il y a déjà deux nuits que je suis en dessous du degré zéro de la joie de vivre. Deux nuits pendant lesquelles des millions de trains sont passés sur les rails qui cisaillent ma poitrine. Des trains cons, pleins de clichés et de fausses idées sur toi, pleins de reproches injustifiés et d'accusations sans fondement. Mais aussi des beaux trains, des trains bleu ciel, purs comme mon absolu, des trains qui passent sans faire de bruit mais qui découpent la nuit avec de longs couteaux affilés. Les chairs repoussent ensuite, les cicatrices sont propres, mais elles restent là, à jamais, pour témoigner.

Et pendant ces deux nuits, pendant cette troisième qui s'achève, toi, tu vivais, tu ne comprenais rien. Toi qui d'habitude sens si bien les choses, tu me laissais dépérir sur pied. Sans doute pensais-tu ne pas vraiment nous abîmer. Tu ne pensais pas à mal puisque tu n'en faisais pas. Et peut-être te disais-tu que cette séparation nous tonifierait, que tu serais moins fragile et que ce temps passé loin de moi te donnerait la force d'exister, entière, face à mes exigences. Exigences démesurées... Qu'est-ce que je donne en échange ?

Eh bien, je te donne ça, cette lettre, le gouffre de mes sentiments, ma mort qui calmera mes tourments absurdes. Je te jure que j'aurais préféré te donner ma raison, ma vie, tous mes espoirs. Car tout ce que tu as à me dire est sûrement plein de beautés, de sincérité. Tu va me dire que tu m'aimes. Mais tu n'as pas besoin de moi, Camille. Ou si peu. Tu sais te suffire de toi-même. Notre amour t'a semblé doux. Pas plus. C'était peut-être nouveau pour toi. Mais je ne t'ai pas manqué. Ou si peu...

13

Dans les romans d'autrefois, Alexis, les grandes douleurs avaient pour nom affliction. Je me sentais donc lourdement affligé. Respirer m'était douloureux, j'avais le souffle court et je n'osais trop largement inspirer. Je préférais vivre petit, penser petit, respirer petit. J'étais recroquevillé dans ma peine. Je me complaisais dans l'exploration de mes misérables recoins. J'imaginais une tente de grossier plastique jauni. Je me pelotonnais dans une crasse humide de l'esprit. On avait interdit les visites et c'était bien ainsi, car je n'aurais su que dire à Camille. Mon visage était fripé, ma tête vide. Une tête où les portes battaient. Les images élémentaires entraient et sortaient. Pour expurger tout ce qui avait pu me faire mal, je ne pensais plus que par enchaînements bruts. Je jouais ainsi avec des termes scientifiques glanés dans un volume du *Larousse médical* dérobé à l'infirmière belge qui me soignait. Un comédon m'entraînait sur cotylédon, sur haricot, sur rein, sur l'eau de Vichy, sur Pierre Laval, sur la Mayenne... Méthodiquement, je m'arrêtais à chaque mot avec la conscience aiguë de me crétiniser doucement.

Je lisais aussi avec une délectation malsaine les légendes des ignobles photos du dictionnaire médical. Je m'attardais sur les monstrueuses hernies relevées à Vienne en 1886 ou sur les pustules d'un pauvre gosse africain. Je me flagellais ainsi à plaisir en m'interdisant toute réflexion suivie.

Mon corps se laissait dangereusement aller. Sans goût pour le combat, mon organisme capitulait et les corps d'élite de la Blanche Globule reprenaient espoir. Les médecins murmuraient des propos que je n'entendais ou ne comprenais guère. D'ailleurs, je m'en fichais complètement.

En quelques jours, ma lassitude devint mélancolie sinistre. Je me pris au tragique, couchai sur mon journal des poèmes plus masochistes que tristes et demandais sans cesse qu'on me jouât sur un électrophone les lugubres pièces pour violoncelle de Bach. Tes grands-parents furent alerté de la gravité de mon mal, mais je sus les convaincre de ne pas venir en Suisse. « Les médecins exagèrent. » Au téléphone, j'étais presque enjoué et tout à la fois détaché. Je me voulais seul à ma douleur, car je savais que le cœur était plus atteint que le sang. Personne, pas même Camille, pas même mes parents, ne devait partager mon épreuve.

La maladie me laissa un léger répit avant de mieux m'attaquer. Cette fois, je sombrai assez longuement dans l'inconscience. On me mit sous perfusion. A plusieurs reprises, je perdis pied et délirai. Il paraît que le nom de Camille est souvent revenu sur mes lèvres. Impuissant devant les progrès du mal, le médecin prit le parti de faire venir cette Camille.

Camille vint. Désirable comme elle ne l'avait jamais été. Était-ce la pâleur lavabo de toute cette infirmerie ? Elle me parut très hâlée. Une robe blanche et légère de jeune fille sage. Les épaules nues. Elle était l'innocence. Je ne voyais pourtant que le vice qui, une fin d'après-midi, avait fait couler tant d'acide dans mon cœur et mes articulations. Mais que lui dire ? Elle était si délicate, sans fausses attentions ni condescendance. Elle ne voyait pas en moi le malade à préserver des courants d'air de l'émotion. Elle me parlait simplement, doucement, avec infiniment de tendresse. Était-ce de l'amour ? Mais comment peut-on avoir sans mentir ces deux visages en même temps ? Un tel miroir peut-il réfléchir des images si contraires ? J'étais troublé, mais mon visage restait fermé.

Camille n'y voyait pas reproche. Comme si rien ne s'était passé, comme si mes appels au secours ne lui étaient jamais parvenus.

Lorsque le médecin nous laissa, Camille s'assit sur le lit. Elle me prit la main et la fit glisser sur son sein. Je fermai les yeux parce que c'était encore plus doux que la première fois. Son geste alors m'avait violemment remué. Aujourd'hui, il m'imprégnait d'un plaisir au goût de lait. J'étais là-haut, plus haut encore, quelque part sur les alpages, et je goûtais avec une sérénité retrouvée le bonheur d'après l'orage. Je décidai même de ne pas évoquer avec elle cet horrible moment. J'effleurai tendrement ce téton d'adolescente. Excitée par le plaisir, Camille passa une jambe dans mon lit, me prit la main et me conduisit à lui caresser l'intérieur de ses cuisses. Elle arracha sa petite culotte, et se massa le sexe avec ma main.

J'étais très fiévreux mais presque aussitôt glacé. Je revoyais la galerie de la bibliothèque. Je lui pris violemment la main, la repoussai pour la rejeter hors du lit.

« Alors, c'est ta spécialité ? »

Camille était interloquée. Elle ne comprenait pas ou simulait bien.

« Tu fais ça avec tout le monde ?... Et l'autre mardi avec le grand Autrichien qui te colle aux fesses ? »

Camille mit du temps à répondre. Visiblement sans défense devant l'attaque imprévue. Avait-elle seulement envie de se battre ? La dissimulation n'était pas dans sa nature. Sa vie était peut-être double, mais pas son jeu.

« C'est un garçon que je connaissais bien avant toi. Il faisait divinement l'amour. Mais je n'ai pas recommencé avec lui avant le jour où tu nous as vus.

— Tu savais que j'étais là ?

— Non, mais j'ai entendu du bruit. Et quand j'ai su que tu étais tombé malade le soir même, j'ai eu des inquiétudes. Je me doutais un peu, mais je n'étais pas bien sûre et j'avais la trouille en arrivant ici.

— Et pourquoi as-tu revu ce type ?

— C'est lui qui insistait. Souvent, il me parlait et me disait qu'il avait envie de me baiser. Moi, je ne voulais pas. J'étais très bien avec toi. Et puis, le matin du jour où tu nous as vus, ç'a été plus fort que moi. J'ai parfois besoin de faire l'amour pour me soulager, mais ça n'a pour moi aucune espèce d'importance. Et puis il me connaissait très bien. Il ne me demandait rien d'autre. Tu vas peut-être trouver ça bizarre, mais je ne l'ai jamais embrassé... »

Il y avait dans sa confession tant de naturel, presque de naïveté que j'avais envie de la croire sur parole. Et pourtant rien n'était simple avec elle. Camille et sa machine à sexe m'apparaissaient sous un jour qu'il était difficile jusqu'alors de soupçonner. Je connaissais si mal les femmes. Elles n'avaient que de lointains rapports avec les héroï-

nes de roman dont les caractères sont si tranchés.
Celle-ci, en tout cas, était d'une eau qui ne se laisse
pas emprisonner au creux de deux paumes.

« Et mes lettres ? Tu n'avais pas le temps d'y
répondre ?

— On vient de me les donner. Sinon j'aurais
couru. Et il paraît qu'on voulait t'éviter toute émotion.

— Et tu as recommencé souvent depuis que je
suis ici ?

— Je te jure que non. Pas une fois. J'étais malade
à l'idée que ta rechute soit de ma faute. Et puis, il y
a une semaine, il m'est arrivé quelque chose qui
m'interdira à jamais de recommencer. Quelque
chose de formidable.

— Quelque chose qui a un rapport avec moi ?

— Oh ! oui, mon chou, tu vas être fier.

— Tu es enceinte ?

— De deux mois. Et je suis sûre que c'est de toi.
Ne sois pas inquiet.

— Deux mois, mais qu'est-ce que tu vas faire ?

— Qu'est-ce que tu aimerais que je fasse ?

— ...

— Tu ne réponds pas. Tu n'es pas content ?

— Tu vas le garder ?

— Et comment ! Tu le mérites bien. J'ai jamais
rencontré un type aussi chouette que toi, et c'est
pas une question de physique.

— Mais tu sais l'âge que j'ai ?

— Tu viens d'avoir quinze ans. Et moi c'est
bientôt seize.

— C'est fou ce qui nous arrive. Et...

— Et on ne va pas en profiter pour battre un
record du monde. Ça, c'est déjà fait. Et beaucoup
plus jeune. Pendant ta maladie, je suis retournée à
la bibliothèque pour interroger les livres que tu

crois si souvent davantage que moi. Eh bien, tu sais que Roméo et Juliette avaient nos âges ? Et que le héros du *Diable au corps* n'était guère plus vieux que toi ?... »

Je voulais m'habituer à la nouvelle. Mais Camille me soûlait de paroles, pour mieux recueillir mon consentement. Elle avait tout prévu, elle avait réponse à tout. Je m'en voulais de donner l'impression d'hésiter. Au fond, j'étais inondé de fierté. Créer un être, moi qui venais à peine de découvrir l'amour ! Transmettre un aussi modeste héritage, une aussi pauvre expérience ! Ça ne pouvait être qu'un garçon, bien sûr, mais que lui dirais-je, à ce garçon ? Que lui donnerais-je ? J'étais affolé, mais je pensais surtout à ce germe que j'avais déposé dans le ventre plat de cette fille si belle qui me regardait avec des yeux de fièvre. Mon orgueil était immense. Je mis la main sur ce ventre. Là-dessous, dans le sang et les entrailles, il y avait un truc à moi, qui grandissait...

Je la caressai. Elle était mouillée de désir. Nous fîmes l'amour voluptueusement, mais j'avais peur de perturber la vie de cet être qui nous était commun. Je me retirai, exténué, en nage. Je me sentais malade et amoureux à en crever.

La nuit qui vint faillit m'emporter. Mais, cette fois-là, je faisais front. Front était le mot. Toute la nuit, agité, collé à mon lit trempé, je me fixai sur l'image du visage lisse de Camille à mes côtés, si calme et si sereine, presque impavide. C'était surtout son front qui me fascinait et m'hypnotisait. Il était d'une immense beauté, lumineuse. Certains abat-jour, éclairés de l'intérieur, dessinent le moindre relief de leur parchemin. Chez Camille, pas la moindre ride, pas le moindre canal où pourrait un jour se nicher la vieillesse. Mais, en son milieu, une minuscule veinule qui se gonflait lorsqu'elle se penchait ou ressentait une émotion. Et, sur la tempe, quelques ruisselets tout bleus qui venaient l'irriguer et la régénérer. Le bleu en pointillé tranchait à peine sur son front d'opaline.

Ce front-là fut mon phare cette nuit. Il me semblait que ce roc dans la tempête pouvait me sauver, qu'il m'appelait, me poussait à nager et nager encore.

A l'aube, la petite chèvre de M. Seguin s'endormait hors d'haleine mais vivante sur le beau front de la jeune fille Camille.

Ma sixième lettre :

Croire ou douter de Camille ? Qui vient de me quitter ? Laquelle de vous deux ? Qui a menti ?

Une heure d'extase et déjà le doute qui me ronge. N'était-ce pas de l'aumône, petit saint-bernard ? Tu as débouché ton tonnelet de cognac, tu m'as fait une piquouse de petit bonheur, une intraveineuse de ta voix. Tu dois te dire que ça soulage. Que ça prolonge le malade. Et puis tu repars, tu vis.

Moi, je crève. Je souffle comme un phoque. Quand je pense à toi, il faut que j'inspire un grand coup. Quand je veux te rejeter, il faut que j'expulse... Ça doit bien m'arriver trois-quatre fois par minute... Le crabe que tu m'as mis aux tripes, retire-le. Il me bouffe le foie. Il me rappelle mes angoisses de gosse, cette image de mon bouquin de mythologie grecque, Prométhée enchaîné, dévoré par un vautour.

Mais le vautour, au moins, était à l'extérieur. Cela saignait à l'air libre. C'était de la blessure propre. Mon crabe me mange de l'intérieur. Camille, délivre-moi de mon doute.

De Camille, sa première lettre :

Complètement foolish, mon Tristan. What's happened ? Je t'aime. Je te love. Et je ne love que toi. Je ne sais pas bien écrire comme toi. Mais tes lettres m'ont fait de la douceur. Except the last one. Tu ne parles même pas du bébé. C'est pas de l'amour, ça ? Un baby pour nous deux, pour la vie. Don't be jealous, darling. Les autres, c'est du pipi. Mais je suis un nuage. On ne m'attrape pas. Let me fly.

CAMILLE.

15

LES médecins ne crurent pas sur-le-champ à la guérison. Mais, dix jours plus tard, il leur fallut bien accepter l'alchimie des êtres et de leur communion. Je sortis alors de l'infirmerie plus fort que jamais, gonflé par l'épreuve. Une féroce jalousie me fouettait encore, mais à la manière des embruns qui réveillent les tièdes. Ce qui me fortifiait, c'était la certitude de mon amour. Je savais qu'il ne serait jamais médiocre et j'avais cru comprendre qu'il était partagé. Et j'allais être père. Un secret que je n'avais envie de confier à personne. Quand ce ventre s'arrondirait, il nous faudrait bien en parler. On avait le temps.

Je ne cessais d'y penser en refaisant l'amour et j'observais avec passion le sexe de Camille. C'est là que j'avais déposé ma semence. C'est là que nous viendrions dans une grosse moitié d'année récolter le produit de notre terre. Son pubis était légèrement proéminent. Il saillait sur un ventre plat, tendu à l'extrême, et ce triangle noir, très parfait, très doux, me faisait penser au A noir de Rimbaud.

Inconsciemment, nos jeux d'amour respectaient la présence du fruit qui mûrissait en Camille. Ils étaient moins sauvages, plus tendres, plus conjugaux. Tristan et Yseult devenaient adultes.

Et, un soir de gravité plus dense encore, la grande jeune fille blanche et noire dit à son pâle chevalier :

« Je savais que tu n'allais pas mourir. Une voyante m'a juré que je mourrais avant toi. »

Nous jouions beaucoup avec la mort dans ces temps heureux. La suite de mon histoire, Alexis, te montrera que nous avions raison de nous y préparer.

16

Il faisait bleu.

Partir, et peut-être pour toujours.

La nuit, nous étions allés chaparder dans la cuisine de quoi manger. Pour les âmes et les cœurs, nous avions ce qu'il fallait.

A l'horizon, un point brillant. C'est là que nous irions, au-delà de la première chaîne de montagnes. Camille, plus sportive, marchait la première. Souple. Ses formes, dans un jean de velours, me rappelaient ce que me disait ma grand-mère quand elle aimait un dessert : « On dirait que c'est le petit Jésus qui vous descend dans l'estomac en culottes de velours. » J'avais envie de la déshabiller.

Nous avons longtemps marché l'un derrière l'autre, sans parler. A deux heures, nous nous sommes arrêtés pour déjeuner. Les prés étaient déjà jaunis, l'eau les zébrait en crevasses gloutonnes et chuintantes, l'oxygène piquait le nez. Nous nous sommes longtemps regardés avant de rompre le silence. J'aimais que cette fille résiste à mon regard. Nos quatre yeux échangeaient des millions de signes. J'avais l'impression de tout comprendre. Parfois, je plissais le front, raidissant mes narines et déchargeais mon regard de pensées violentes. Quand l'écho me parvenait en retour, je pleurais. Toutes mes cellules s'imprégnaient du visage de celle que j'aimais. Elle a parlé la première :

« Je crois que maintenant tu le sais. Je vais mourir avant toi. Une cartomancienne me l'a dit, mais elle n'est pas la seule. J'ai épié les médecins. Je les ai entendus. Je suis incurable.

— Je ne te crois pas. »

Tu parles, Alexis, je la croyais très fort. Camille n'a pas répondu. Nous avons ensuite parlé de tout, sauf de la mort.

La scène qui va suivre, je te la dédie, mon petit garçon. Elle s'est gravée dans ma mémoire et j'ai, depuis, souvent pensé à toi. Nous nous approchions d'un torrent. Dans le grondement, une note plus aiguë, insistante. Sans doute un oiseau blessé, ou amoureux. En hâtant le pas, je découvre un tout petit lapin en transes. A mon approche, une minuscule masse grise qui faisait corps avec lui s'enfuit. Le lapereau restait en convulsions mais ne criait plus. Sur sa nuque, une tache de sang. Il venait d'être attaqué par un furet ou une belette. Le bébé lapin tenait dans mes deux mains. Et la pitié me déchirait les entrailles. C'est très bête, mais je me désagrégeais parce qu'une vie m'échappait. J'étais si misérable, si impuissant.

Ne sachant que faire pour apaiser les douleurs de l'animal et me refusant par lâcheté à les abréger, je pose le petit corps et le regarde fixement. Pourquoi ne me viendrait-on pas en aide ? Moi, l'incroyant, je m'attendais à tout moment à voir fondre sur le lapin la grâce d'une onction divine.

Au prix de grands mouvements désordonnés, la petite bête se déplaçait dans une longue bave de sang. Plusieurs fois, elle me parut apaisée, mais je voyais bien s'allonger sous elle un filet rouge métallique. Je soulève à nouveau cette pauvre fourrure et je pleure comme un gosse. Camille, qui était restée en retrait, s'approche de moi au moment où je trempe mes mains dans le torrent. Elle me prend doucement la nuque entre pouce et index et me la caresse. J'ai posé ma tête contre sa poitrine et, bien au chaud, j'ai pleuré comme une madeleine. Ma faiblesse m'apparaissait crûment et je me méprisais d'être ainsi sans défense, désarmé devant le moindre accroc. Porté par mon amour, j'avais oublié ma fragilité. Fétu broyé et qu'on broierait encore, je dérivais au fil de l'eau et Camille était la seule branche à pouvoir m'arrêter.

Le corps du lapereau était déjà raidi. Je l'ai poussé du pied dans l'eau et, les yeux secs, je l'ai regardé longtemps flotter. J'ai mis mon bras autour des épaules de Camille et nous avons repris notre chemin.

Nous avons parlé pour nous étourdir, pour nous laver la mémoire. Le soir était depuis longtemps tombé lorsque nous nous sommes arrêtés. Glacés par l'humidité montante, nous n'avons pas eu la force de faire du feu et nous nous sommes endormis dans le duvet assez large pour nous deux.

Je me réveillai le premier. A mes côtés, Camille, profondément endormie, se tendait et détendait comme un arc électrique. Elle prononçait des mots étranges.

Je la regardais avec passion. Elle était à moi et j'étais le roi du monde, le roi du pétrole comme tu dis, Alexis. Je la voulais sous cellophane. Ce trésor de nerfs et d'amour, j'étais fier de le posséder, de le mettre sous clef dans mon musée imaginaire.

L'aube m'apportait la force. Là-bas, dans la vallée, on dormait. Les villages ne s'étiraient pas encore. Seul, Supertristan veillait sur la misère du bas monde...

Je la regardais si fort que je l'éveillai. Ses yeux posés sur moi étaient mouillés de reconnaissance et nous nous sommes roulés dans notre duvet. Jamais sans doute je n'ai si bien fait l'amour. Dans le gris blanc du petit matin, cerclé de rosée, Camille s'était rendormie. Elle devait être épuisée. Son demi-sommeil avait quelque chose de douloureux. Des cernes dessinés avec précision faisaient le siège de ses paupières. Ses traits étaient tirés, son front vaguement plissé. Ses attaches, qu'elle avait très fines, paraissaient encore plus fragiles. Ses doigts se crispaient sur ma main gauche. Insensiblement, le corps de Camille avait trouvé la position du petit lapereau blessé à mort. Il s'était lové autour de moi, recroquevillé en chien de fusil. Je ne voyais plus que sa nuque, qui me rappelait mes premiers émois dans la bibliothèque.

Le souffle de Camille était court. Elle devait souffrir. Je retenais le mien. Une angoisse tragique pesait. J'étais beaucoup trop seul. J'étais hanté par la crainte de l'absence et je luttais pour chasser l'idée qui dansait comme un délice criminel. Déjà, plus jeune, je voyais ainsi parfois mourir maman et je m'inventais des paysages de solitude, des tableaux avec des blancs. Je goûtais ces douleurs-là avec une insistance malsaine.

Sans Camille, je me perdais, m'abîmais dans des gouffres de désespoir. La peur la plus vulgaire me prenait aux tripes. Cette aube alpine était effroyablement longue à se dissiper. Autour de moi, tout était coton. Des bruits troublants perçaient la brume, chargés de mystère. Le ciel et le sol se mêlaient en la même eau grise. Je voulais m'y noyer et serrais plus fort encore sur mon cœur ce petit corps hoquetant.

De très longues minutes, puis des quarts

d'heure... Insensiblement, le soleil redonne un sens à ce paysage désordonné. Je peux resituer les masses abruptes du Cervin, puis la vallée que nous venions de quitter. Rassuré, je m'abandonne.

La chaleur nous éveilla tout à fait. Nos visages étaient défaits et nous nous sommes blottis l'un contre l'autre pour ne pas nous observer. Nous étions encore tout moites et avons cherché un ruisseau pour nous laver. Il nous a fallu marcher assez longtemps jusqu'à une cascade qui devait conduire, en aval, au cours d'eau où nous avions fait halte la veille. Comme le soleil était assez fort, nous nous sommes entièrement déshabillés et baignés, nus dans l'eau glacée. Pour nous réchauffer, poursuivis par des ennemis imaginaires, nous avons couru vers un abri. A bout de souffle, derrière un épineux maigrichon, nous nous sommes frottés l'un à l'autre, un peu comme le font les chiens. Je l'ai pénétrée brutalement. A genoux, je tenais ces hanches que j'aimais tant et qui allaient bientôt me donner un bébé. Camille, immobile, en position d'attente, acceptait, consentante, ce désir que je lui imposais. Ses mains prolongeaient son corps en angle aigu. Sa colonne vertébrale se courbait et frissonnait sous la pression de mes caresses appuyées. Comme deux animaux, nous nous sommes ensuite roulés dans l'herbe rare.

Je devenais fou de ce corps et ne pensais qu'à lui faire l'amour.

Le point brillant dont je te parlais, Alexis, celui que nous avions aperçu d'en bas, longtemps caché par l'avers de l'escarpement, réapparaissait maintenant plus distinctement. Ce devait être le monastère dont on parlait parfois dans le sana. Mais le chemin à parcourir paraissait encore long. Un instant, nous avons hésité. Nos provisions s'épuisaient.

Mais revenir vers quoi ? Vers tant de routine, de banalité, d'éther et de cortisone... Nous avons repris notre marche vers le soleil, notre quête d'un absolu que nous ne définissions même pas.

Camille, la première, a donné des signes de fatigue. Le sac à dos qui la bridait faisait saigner ses épaules et, le soir venu, je n'ai pu la prendre comme je l'aimais, dans mes bras. Allongée sur le ventre, elle était encore plus misérable. Ses bras de calvaire breton symbolisaient l'impuissance, l'abandon total. Elle me faisait penser à un héros de Buñuel. Un adolescent mal dégrossi, le visage barré d'une frange à la diable, plus voyou que poète, cueilli dans le dos d'une balle qui cassait sa fuite. Un espoir se brisait, un corps se tordait de douleur, un arc de cercle s'esquissait. Un peu de poussière retombait. Une âme peut-être s'envolait. Il n'y avait plus que ce corps, oublié de tous, porteur de trop de vies soixante secondes auparavant.

Camille était ce corps et me donnait l'impression de vouloir s'enfouir dans la terre.

Le matin du troisième jour, nous avons commencé à comprendre que ce voyage avait un sens et que nous allions beaucoup plus loin que le simple bonheur d'être ensemble. Il poussait en nous du germe d'adulte. Nous vieillissions très vite. Je me persuadais que la mort nous attendait dans la vallée et qu'il fallait la fuir. Cela va te paraître idiot, mais la légende d'Orphée et d'Eurydice m'avait marqué. Je n'osais me retourner. Nous nous retrouvions comme aux premières heures de notre marche, l'un derrière l'autre. A la halte de la mi-journée, nous n'avons presque pas parlé. Chacun observait l'autre à la dérobée.

Camille était très belle ce jour-là, très aiguë. Son visage était brasier et sur le front, à la racine des cheveux, perlaient quelques gouttes de sueur. Je voyais la fièvre et m'inquiétais. Au moment de repartir, j'ai voulu l'embrasser. Elle m'a repoussé doucement d'un geste las et plein de pitié.

« Marchons, veux-tu ? Je crois que je ne tiendrai pas... »

Je ne voulais, ni ne savais répondre. Camille était à des milliers de kilomètres. Sans racines, sans sillons. Et moi comme un ballot, ne sachant où inciser son mal. Tu verras plus tard, Alexis, les femmes, plus complexes que nous, sont aussi plus accomplies, moins brutes. Elles sont doubles, aiment la dialectique et vivent parfois la duplicité. Elles sont labyrinthes.

L'après-midi fut difficile. Plusieurs fois, Camille buta sur la pierraille et refusa mon soutien avec une rage contenue, qui ne m'était sans doute pas destinée. Je commençais de mon côté à souffrir du manque d'oxygène et lorsque nous nous arrêtâmes, la nuit tombée, dans un abri inconfortable, nous n'étions plus très sûrs de continuer le lendemain. Camille, prise par la fièvre, ne dormait pas. Je pense l'avoir veillée jusqu'à l'épuisement. A l'aube, son visage avait pris une expression plus inquiétante. Elle, si fière, si résistante à la douleur, si insolente avec l'adversité, se faisait implorante. Elle gémissait plus qu'elle ne parlait.

« Nous n'irons pas plus loin. C'est la fin du chemin.

— Qu'est-ce que tu me chantes ? Bien sûr que nous allons repartir.

— Non, je te jure. Je ne manque pas de courage, mais laisse passer quelques jours. Je guérirai ou j'en finirai.

— Je déteste que tu me racontes tes histoires. Ta mort, je lui fiche un coup de pied au cul. Je la hais

82

et avec moi elle n'est pas près d'arriver. Lève-toi, Camille. On va gagner parce qu'on nous le doit. »

Sa réponse, un regard de faon apeuré.

« Si tu veux, lui dis-je, je te laisse pendant quelques heures ; je vais voir si le monastère est encore loin. »

Nous avions en fait bivouaqué à quelques kilomètres seulement du but. Seule l'obscurité nous avait caché ce vieux fortin à première vue pas très religieux. Je courus vers Camille pour lui annoncer la bonne nouvelle. Elle eut un pauvre sourire pour me faire plaisir.

Brûlante, elle ne refusa plus mon secours quand je l'aidai à se relever.

Nous reprîmes notre marche vers une manière d'absolu que je vais te raconter.

17

C'ÉTAIT un monastère bien curieux, pas très suisse, d'un ocre tirant sur le rouge et de proportions assez modestes. Dans la cour, des poules, des chiens, rien qui rappelât directement la présence de l'Esprit ou d'un esprit. Rien, sinon une cloche, énorme, absurde au milieu de cette cour, posée à même le sol, maculée de fiente. Deux paysannes nous ont regardés d'un air absent avant de chercher du secours. Un vieillard vint vers nous en s'empressant. Nous nous étions adossés à la cloche malodorante et contemplions, exténués, ce personnage d'opérette qui demandait à voir nos langues et semblait affolé par l'état de Camille.

Il nous offrit quelques gorgées de génépi. J'étais un peu exalté :

« Maintenant, tu es mon Yseult, dis-je à Camille avec exaltation, nous avons bu le philtre d'amour. Le roi Marc est cocu et je t'aimerai jusqu'à mon dernier souffle. »

Rayonnante bien qu'épuisée, Camille avait posé son front sur mes cuisses. Le vieillard m'a adressé un infime regard de connivence. J'étais soudain investi d'une formidable responsabilité. Pour la première fois, je parlais d'elle comme de ma femme et multipliais les recommandations au vieil homme qui l'aidait à se relever. Je me disais, Alexis, que plus tard, quand nous serions très vieux et très bourgeois, je m'adresserais peut-être comme cela au portier du Plaza qui la prendrait par la main dans notre Bentley.

A l'intérieur, nous avons longé un vaste corridor désert et pénétré dans une chambre sans âme. Il n'y avait là qu'un lit très petit et deux sièges en rotin. L'homme aida Camille à s'allonger et disparut.

Son visage était inhabité. C'est une figure de cire qui me fixait. Gêné, je détournai le regard et préférai quitter la pièce. J'enrageais de ne rien pouvoir donner à celle qui m'avait révélé. Je ne sais pas pourquoi, un petit morceau de Brahms me sciait le cœur, consciencieusement, à coups nerveux d'archet.

Vint alors à moi un personnage massif. L'homme était dans la force de l'âge et, bien qu'en robe comme eux, il ne ressemblait pas aux professionnels de la dévotion en slalom qui officiaient en bas. Ses yeux, noyés de bleu, attiraient d'instinct la sympathie.

« On m'a dit que vous n'alliez pas bien fort. Qu'est-ce qui vous est donc arrivé ?

— Nous avons marché quatre jours avant d'arriver ici. Moi, ça va bien. C'est mon amie qui est très malade. »

Nous pénétrâmes dans la chambre. En apercevant Camille, le moine eut un temps d'arrêt et une expression plus dure.

« Vous, vous arrivez du sana. »

Je ne pouvais que balancer la tête. Les ennuis allaient commencer. Mais l'homme n'insista pas. Il échangea simplement avec Camille un regard qui m'excluait et me plongea dans l'interrogation.

« L'année dernière, déjà, une fille et deux garçons comme vous sont venus du sana. »

Il avait commencé à examiner Camille et je ne voyais de lui que ses larges épaules et une nuque qui bougeait un peu lorsqu'il parlait. Je voulais savoir ce qu'ils se disaient dans les yeux.

« Je ne sais pas duquel elle était amoureuse, mais ils étaient tous deux confits de passion. Pour une gamine, c'était déjà une sacrée petite bonne femme. Ils ont grignoté quelques figues et sont repartis sans même passer une seule nuit ici. Je n'ai plus jamais eu de nouvelles d'eux. En bas, on ne m'a jamais parlé d'une fugue.

— Parce que vous les voyez, ceux d'en bas ? »

J'avais parlé presque agressivement. Ma voix était mal assurée. J'étais gagné par le doute que le père avait introduit dans mon esprit, à dessein, c'était sûr.

« Mais non, on ne se voit presque jamais. Et puis, si cela peut vous rassurer, je ne leur parle jamais de ce que je peux savoir... Il s'en passe des choses chez vous... »

Le bonhomme s'était retourné et tentait de me faire sourire. Mais je voulais d'abord qu'on me réponde.

« Elle avait quatorze ans, votre fugueuse ? Je la connais peut-être. Comment était-elle ?

— Oh ! elle n'était pas mal du tout. Et pas du genre à se laisser mettre un fil à la patte par un bleu. »

Les yeux du moine étaient toujours aussi rigolards.

« Enfin, je veux dire, pas du genre à rester longtemps au sana. Elle a déjà dû se faire la malle. La moitié de tes copains doit en porter le deuil. »

Le père, sympathique, mais qui m'agaçait beaucoup par ses allusions douteuses, avait entrepris un examen minutieux de Camille. Il avait dégagé son cou laiteux strié de bleu, pris sa tension et écouté son cœur.

« Je parie que cet imbécile de René vous a encore fait ingurgiter sa saloperie de liqueur des Alpes. Vous avez le cœur qui bat la chamade. Moi, je ne peux rien y voir maintenant. Prenez toujours ça en attendant, je reviens dans une heure. »

En partant, le moine me tira par la manche et m'entraîna dans le couloir.

« Tu sais, elle n'est pas fortiche, la gamine. T'as l'air de tenir à elle, hein ? je vais m'en occuper. Il faudrait que le Bon Dieu me marche sur le corps avant de venir me la prendre dans la maison. Je te jure qu'on va s'occuper d'elle. Je vais te la rendre blanchie, essorée et repassée, ta môme.

— Dites-moi, mon père, c'était bien elle l'année dernière ?

— Qu'est-ce que tu me racontes ? Et puis arrête de m'appeler mon père. Je suis un gars comme toi. Appelle-moi Jérôme. Salut ! »

En poussant à nouveau doucement la porte avec le vague espoir de la retrouver endormie, je fus frappé par la fixité de son regard. Elle était presque absente, comme en lévitation. Elle devait flotter quelque part dans la pièce mais n'était pas accessible. Il faut dire aussi, Alexis, que je pensais trop à moi. J'avais la manie de plaquer mes propres émotions sur les êtres et d'espérer en retour une communion béate. Mon bonheur et mes douleurs se conjuguaient toujours à la première personne du pluriel. Mon égoïsme forcené savait parfois être généreux, mais il me fallait d'abord me faire plaisir pour faire plaisir. Et, quand j'étais inondé de bonheur, je répandais autour de moi de la douceur comme d'autres offrent des douceurs. Ramenant tout à moi, je voyais faux et en étais souvent malheureux. Camille avait accusé mon travers avec le plus grand cynisme et se moquait quand je la remerciais ou la complimentais. « Tu es gentille » la faisait sortir de ses gonds. « Je ne suis pas gentille, je suis méchante, une petite garce. Je n'ai pas fait cela pour être gentille, ou le paraître, ou pour te faire plaisir. J'ai fait cela parce que j'en avais envie. » Camille ne savait pas dire merci, ni pardon, ni « je t'aime ».

J'avais honte de paraître ainsi mêler de rapports marchands mon amour pour elle.

Je revins à Camille, mais elle n'était pas revenue à moi. Elle m'avait simplement pris la main et fermait les yeux. Je repensai à un mot de Franz Liszt à Marie d'Agoult : « Peut-être valons-nous mieux que le bonheur ! » Et je regardai le bonheur me filer entre les doigts. La conscience de mon impuissance face au mal qui ravageait ma Marie, la lumière crue sur mes contradictions tortueuses me laissaient sans réactions. La certitude de mes incertitudes, de mes limites, de mon manque de talent, de mon inaptitude à créer, à changer de peau, à prendre en main une situation, me minait.

J'attendi, ainsi, pâte molle durcie, vieille gomme desséchée, le retour du père Jérôme. Le religieux revint accompagné.

Les deux hommes, graves, la palpèrent à nouveau et la piquèrent. Ce mannequin de son était ma chose et j'étais blessé de la sentir à tous.

Quand ils en eurent fini, le père Jérôme s'approcha de moi :

« Pas d'hypocrisie, elle va pas bien, tu le sais. On va la requinquer. Le temps de redescendre... Et pourtant elle a bien envie de poser son balluchon...

— Elle a envie de mourir ?

— Pas elle, petit ; pas elle, son corps de petit rat qui ne peut plus bouffer. Elle s'en va de partout. Mais chiale pas, fils, elle va s'en apercevoir. »

Jérôme m'avait entraîné.

« Dis donc, Tristan, t'as pas le droit de pleurer comme une madeleine. T'as une responsabilité terrible. Parce que, elle, je sens bien qu'elle ne sait pas ou, si elle sait, qu'elle ne veut pas mourir. Alors tu vas l'aider à ne pas vouloir. Et si tu te prends en flagrant délit de ne pas savoir, ou de ne pas pouvoir, tu te pinces, tu te flanques une claque. T'as vraiment plus le droit. T'es plus seul. Et puis tu ne m'avais pas dit qu'elle était enceinte. C'est de toi ?

— ...

— Eh bien, aide-la à aller jusqu'au bout. Il faut que vous soyez au moins deux pour la garder dans votre tête, après.

— Arrêtez de parler de cet après. Qu'est-ce que vous en savez ? D'abord, vous n'êtes pas médecin, vous. En bas, ils me diront. »

Je criais, Alexis, j'aurais même griffé ce corbeau noir qui croassait sur notre bonheur, sur notre avenir. Jérôme me fit taire en me désignant la chambre.

« Mais je ne veux pas qu'elle meure. »

Je m'étais effondré sur sa poitrine.

« Je ne veux pas qu'elle meure.

— T'en fais pas, petit, c'est peut-être moi qui dis des conneries. On sait pas grand-chose du corps et de ses résistances. Tout est possible. De l'espoir, t'en as, mais je te demande simplement d'avoir du courage pour deux. Et, pour le reste, Dieu t'aidera.

Je vais revenir cette nuit. On discutera encore, mais en attendant je vais vous changer de chambre. Tu pourras dormir à côté d'elle. C'est pas très catholique, parce que tu m'as l'air un peu jeunot pour un futur père. Je ferme les yeux. Le supérieur ne me mangera pas pour ça s'il le sait un jour. A tout à l'heure, fils ! »

Jérôme s'éloignait. Il revint très vite sur ses pas.

« Je viens de t'appeler fils, mais p'tit père ce serait mieux. Pour le paysage et pour la situation. Salut, p'tit père ! »

Je souriais comme un soleil en novembre. C'est la première fois qu'un autre me parlait de ma future paternité et me prenait au sérieux. Je m'apercevais que jusqu'alors nous n'avions vécu qu'à deux et rien partagé avec personne. Les autres n'existaient pas. Il avait fallu la carrure de déménageur d'âmes de Jérôme pour me bousculer et m'obliger à changer de peau.

Mais à quel prix ? Toutes ces roses qu'on m'avait plantées dans le cœur, je devais maintenant les retirer une à une. Et cela saignait.

D'abord, ce mystère Camille, cette ambiguïté faite fille, cette équivoque qu'avait entretenue Jérôme avec ses allusions au trio de l'année dernière. Je me promettais de ne jamais poser la question plus tard, mais j'aurais toujours mal, quelque part, à ma mémoire.

Et maintenant ce diagnostic sans appel...

Ce médecin de l'âme ne devait pas connaître grand-chose au corps. D'ailleurs un prêtre est toujours un peu suspect. Il travaille pour le compte d'un client qui tient à rester dans l'ombre. On lui demande simplement de négocier de la chair fraîche contre des âmes fraîches. Chacun s'y retrouve.

Non, décidément, je ne pouvais tout à fait croire le père Jérôme.

J'en étais là de mes applications de cataplasmes quand on vint nous rechercher. Un petit bonhomme vif et foncé me glissa dans le creux de l'oreille :

« Elle est sonnée par la morphine. Elle ne se réveillera que dans deux ou trois heures. En attendant, vous pouvez aller aux vêpres. C'est à cinq heures et ça fait toujours grande impression, même à un parpaillot. »

Allons donc au spectacle, cela me changera les idées. Et tant pis pour les curés qui croiront compter une brebis de plus au bercail. Pour leur ôter le plaisir de me voir marcher aux ordres, je pris mon temps et rôdai un peu autour du couvent. Je les vis arriver un à un, une douzaine tout au plus. Quand les premiers chants s'élevèrent dans la nuit naissante, je repris goût aux battements du temps. J'étais à nouveau dans mon élément. C'était mon heure. Ne voulant rien partager ni gâcher, je restai adossé au mur d'enceinte. Je me laissai glisser sur les flots de musique qui roulaient. Ils me coulaient dans l'âme et me ravageaient délicieusement. Ces voix diverses fondues dans la même foi ou la même discipline me gagnaient la moelle et me donnaient la chair de poule.

A une bonne centaine de mètres, une paysanne avait allumé un feu et me regardait avec insistance. Difficile de lui donner un âge, comme à toutes ces pommes fripées des montagnes ; celle-là ne devait guère dépasser les quarante ans. Elle me fixait en souriant vaguement et releva ses jupes avec une tranquille impudeur. De ma place, je ne distinguais que ses longues cuisses et ses genoux qu'elle tenait à la hauteur de son visage. Une peau cuivrée. Entre ses jambes, peut-être un cotonnage blanc, peut-être aussi rien du tout. J'étais évidemment très excité. Elle sourit de plus belle. Avec insolence aussi, je me caressai. Et le sperme qui jaillit, je l'offris au sommeil de Camille qui savait si souvent me provoquer. La paysanne partit, peu de temps après, comme si de rien n'était. Je préférais cela, Alexis. Je n'étais guère fier de moi. Les moines psalmodiaient toujours et Camille délirait peut-être pendant que je la trompais avec la première paire de cuisses venue.

Pourtant, les vêpres finies, je ne revins pas tout de suite la voir. Il me fallait encore digérer mon trouble et diluer ses poisons. J'ai erré dans le maigre village pelotonné autour du monastère. J'y revis la femme de tout à l'heure, qui me sourit à nouveau. Elle me parut plus laide et plus édentée que dans la pénombre. Je me dégageai rapidement de son sourire racoleur, désormais indécent, et retrouvai Jérôme à l'entrée du monastère.

« Tu n'es pas venu aux vêpres ? Je t'y attendais.

— J'y étais, mais — pour parler comme toi — pas à la place des pharisiens qui viennent se montrer. J'ai fait comme le gueux des rues qui rêve dans l'odeur des rôtisseries.

— T'avais peur de te compromettre avec nous ?

— Ça n'a aucun rapport. J'étais bien comme ça. C'était mon plaisir à moi. N'essayez pas toujours de nous mettre dans des tiroirs. On a déjà assez des parents, des profs et de tous ces vieux moutons qui aimeraient tant qu'on leur ressemble pour ne pas leur donner trop de remords. Je vous ai écoutés et c'est déjà bien. C'était d'ailleurs très beau.

— Tu ne crois pas en Dieu ?

— Qu'est-ce que tu veux qu'il nous fasse, ton Dieu, quand on a quinze ans, qu'on n'arrive pas à comprendre pourquoi on est là et ce qui nous arrive ? On voit que tu n'as plus quinze ans. Ça ne tient pas, tout ce qu'on vous met dans la tête et tout ce qu'on a envie d'y mettre, nous. On bringuebale complètement quand on veut sortir des sentiers des adultes : bonne volonté et connerie. On veut se faire nous-mêmes, on ne veut pas être fabriqués. Alors, ton Dieu, on n'en a pas besoin pour le moment. Il nous rappelle trop les bigots et les vieilles filles qui nous dénoncent quand elles nous ont vus avec leurs petites-nièces derrière les palissades.

— Mais ce n'est pas que cela, mon Dieu, c'est...

— On peut faire de nous ce qu'on veut. On n'est que de la pâte à modeler. Mais on veut pas se faire avoir. Ni par les parents ni par Dieu. Il faut prendre le temps de nous apprivoiser. Tu sais, j'ai lu, à douze ans, *Le Petit Prince*. Ce n'est pas vraiment un livre pour les enfants. C'est le bouquin d'un adulte pour les adultes. Entre le Petit Prince et le Renard, le plus enfant des deux n'est pas le Petit Prince. On est tous des renardeaux qui ne demandent qu'à se laisser apprivoiser, mais auparavant on a besoin de se brûler les pattes, d'apprendre à trouver tout seul à manger. Alors, un jour, Dieu, la religion, les prêtres, si on en a besoin, on ira les chercher. Mais à nos yeux, tu vois, pour l'instant, vous n'êtes que des béquilles pour les convalescents ou pour ceux qui redescendent de l'autre côté de la vie. Nous, on a soif d'autre chose, il nous faut du calcium ; on a les os qui craquent. »

Jérôme ne répondait pas. Il me regardait avec tendresse et malice.

« Mais, Camille, elle est peut-être en train de redescendre de l'autre côté de la vie, comme tu dis... Elle peut avoir besoin de nous. Toi aussi...

— Ça, c'est ce que tu dis. Moi, j'ai décidé de ne pas te croire. Et, même si je te crois, je ne te le dirai jamais. J'ai besoin de rêve et tu ne m'apportes que des arrangements.

— Pas des arrangements, Tristan. Dis surtout pas ça. On est là pour donner un sens à la vie et donc à la mort. Vous allez, si Dieu le veut, faire un bébé. Il faut que tu saches qu'il n'est pas venu comme ça. La vie que tu as mise dans le ventre de ton amoureuse, quelqu'un t'a aidé à l'y mettre et veille dessus.

— Possible. J'irai le remercier plus tard. Peut-être. Il n'a pas fait ça pour une récompense ou de la reconnaissance.

— Je sais. D'ailleurs je ne vais pas t'emmerder plus longtemps avec mes histoires. Je ne servirais pas bien ma cause. Mais je voudrais juste te dire un truc en te quittant. Avant de venir me perdre dans ce trou de Suisse, j'étais au Pérou, cloîtré dans un monastère. Sous le sol de ma cellule, comme des autres, il y avait un fœtus de lama. C'est comme ça que les Indiens s'imaginent porter bonheur à une maison quand ils la construisent. Ils ont fait pareil, sans nous le dire, pour la maison de Dieu. Sache simplement que ton fœtus à toi, tu l'as mis dans la maison où tu es le plus au chaud en ce moment. Il faut qu'il te porte bonheur jusqu'au bout. »

J'avais envie de l'embrasser. J'étais bien, j'étais fort. Je pouvais aller retrouver Camille.

18

Ces quelques lignes ne sont pas pour les enfants, comme on dit, Alexis, mais tu peux les lire et les comprendre plus tard.

Camille, couchée dans un grand lit, dormait. « Il y a longtemps que je t'aime, jamais je ne t'oublierai. C'est pour mon ami Pierre... » Dans la claire fontaine de mon enfance, je retrouvai la Camille de ce soir. Une jeune fille toute nue, dans l'attente de son galant. Une source de vie qui ne laissait plus échapper qu'un mince filet. Et beaucoup de feuillage pour cacher tous les mensonges.

Elle paraissait affaiblie, le visage creux, mais apaisée. J'étais à genoux et lui baisai la paume. C'est là que son odeur était la plus vraie. J'aimais ce fond de savon et de poussière sans jamais le moindre parfum. On lui avait mis mon pyjama. Je l'avais emporté sans le lui dire, mais, par peur du ridicule, je ne l'avais jamais mis pendant notre voyage.

J'ai débordé les couvertures, lui ai enlevé son pantalon et embrassé un sexe tiède dans lequel j'avais appris à trouver ma place. L'enfant ne faisait encore qu'une bosse, mais sa présence me rassurait déjà. Il montait la garde et empêcherait l'approche de ce sexe à quiconque. Déshabillé, je l'ai rejointe sous les couvertures. A nouveau, je me suis réfugié près de son pubis. Ses poils étaient si doux, si chauds. J'écartai ses cuisses et en embrassai l'intérieur. C'est là que je voulais vivre jusqu'à la fin de la nuit, de ce brouillard opaque qu'on distillait autour de nous.

Camille sentait bon. La posséder... Doucement, très doucement, je m'introduisis en elle. Elle ne s'était pas réveillée, mais ses mains cherchaient quelque chose. Je m'étais relevé, tendu sur les bras. Je ne touchais ni sa poitrine ni son ventre. Je regardais simplement le mouvement lent de nos sexes qui s'embrassaient. A nos débuts, je n'avais pas aimé d'instinct faire l'amour avec elle ; elle savait trop de choses et me guidait avec une détermination qui me faisait perdre mes moyens. Un soir, d'ailleurs, je n'avais pas pu. Mais, à présent, je trouvais en elle l'apaisement et me lovais dans ce canal humide qui ressemblait tant à un terme, une manière de bercail sur le seuil duquel on laisse les habits de froid. Pressé de gagner l'âtre, je ne savais pas toujours attendre son désir et la laissais parfois déçue, frémissante. Mais, c'était sûr, nos corps s'accordaient.

Je déchargeai en elle des vagues d'amour et de brume et me retirai très doucement. Mais, dis-moi, Tristan, c'est un viol ou un cambriolage... Je la vis s'agiter. Immobile à ses côtés, je retins mon souffle pour ne pas l'éveiller tout à fait. Autour de moi, tout prenait une extrême importance. Il me semblait que le moindre bruit avait son sens ; il fallait l'identifier. La plus petite particule de l'obscurité, je pouvais la toucher.

Me revenaient à la mémoire mes nuits d'enfant, ces nuits de peur, d'attente, d'oppression. Très souvent, par exemple, je fabriquais des bulles imaginaires en me frottant les yeux fermés. Chaque

mouvement avait sa couleur et les ballons multico-
lores ne tardaient pas à emplir la pièce. Je ne me
sentais plus respirer, j'étais pris d'un urgent besoin
d'appeler au secours, mais aucun son ne sortait de
ma gorge. Tu as dû connaître cela, Alexis. Je t'ai vu
parfois dans mon lit essayer de crier et ne pas y
parvenir. Mes rêves étaient souvent faits d'impuis-
sances effrayantes. Cent fois peut-être, je me suis
vu ne pouvoir franchir une chaussée qu'un autobus
allait parcourir, ou sauter dans une piscine sans
fond d'un plongeoir prodigieusement haut. C'était
toujours moi que je craignais. Rarement, comme les
enfants de mon âge, les voleurs ou autres croque-
mitaines inventés par les adultes pour avoir la
paix.

A nouveau, cette nuit, Alexis, j'avais peur. De tout,
de l'aube qui allait arriver, du réveil de Camille, de
ce que m'avait dit Jérôme dans l'après-midi, de mes
propres angoisses. Pourtant, quand vint la lumière
et que j'eus la certitude que la nuit ne pouvait plus
nous faire de mal, je m'endormis vaincu par la
fatigue.

Une mèche de cheveux tièdes me réveilla comme
j'aimais l'être. Camille venait nicher sa tête sur ma
poitrine. Je lui pris le menton dans le creux du bras
et j'enserrai précautionneusement cette petite
gorge qui cherchait la niche. Je faisais saillir mes
muscles de l'avant-bras pour lui apporter ce que
j'imaginais être la sécurité. Un homme à épaules et
à biceps inspire-t-il davantage confiance aux femmes ?... A voir, mais cela rassure au moins celui qui
en joue.

Troublé par son souffle sur les poils de ma
poitrine, je la serrais très fort comme je l'aurais fait
d'une noyée à tirer jusqu'à la berge. Pas un regard,
pas un mot, le temps en suspens.

Le volcan s'était apaisé, une nouvelle vie sortait de la lave. Elle était là, telle que je l'avais toujours connue, mais affaiblie, adoucie. Plus qu'hier encore, je me sentais chargé d'âmes, soutien de famille. J'étais l'homme du foyer, petit homme en vérité, petit d'homme devenu grand.

Elle tourna la tête et, le menton calé dans mon sternum, coula vers moi un regard implorant.

« Mais d'où je viens, mon amour ?

— De si loin qu'il ne faut même pas en parler. Tu as été très bien soignée par les moines ici. Il y avait parmi eux un Français qui m'a dit des choses formidables sur toi.

— Il me connaît ? »

Elle se troublait. J'arrêtai net ; j'avais juré de ne poser aucune question sur l'escapade de l'année dernière.

« Bien sûr qu'il te connaît, c'est lui qui t'a soulagée.

— T'allais dire guérie ?

— Non, parce que ça va encore être dur, je le sais, mais il m'a promis que nous reviendrons facilement dans la vallée.

— T'as envie, Tristan ?

— Non, mais c'est en bas que tu peux guérir.

— Tu parles déjà comme un vieux. Ce voyage, c'était fabuleux. Ça m'a fait un mal de chien, mais ça m'a lavé le cœur. Tu ne pourras jamais savoir pourquoi j'ai voulu que nous partions ensemble. Et maintenant tu me parles de redescendre, de décrocher de notre nid...

— Je te promets de ne plus t'en parler. Moi, je voulais retourner à l'hosto juste pour toi, pour qu'on te soigne, mais c'est ici que nous sommes bien. Pour la première fois de ma vie, on me fiche la paix, on ne me fait pas la morale. Juste un peu ce moine français qui s'appelle Jérôme, mais il me traite d'égal à égal. Et c'est ça qui m'élève. C'est ça qui me rend responsable vis-à-vis de toi.

— T'es chou, mon Tristan. T'as peut-être raison de me parler pour mon bien, mais laisse-moi juste le temps de souffler, de m'ébrouer, de goûter notre liberté. On ne s'est presque rien dit pendant le voyage et c'est la première fois que nous nous parlons ici. Tu étais grave comme un pape. Et moi aussi. On avait l'impression qu'on partait pour la quête du Graal, toi qui aimes tant le Moyen Age ! Ton roi Arthur ou ton roi Marc, je ne sais plus, il nous attend en bas et je crois qu'on n'a rien à lui rapporter !

— Bien sûr qu'on a un truc formidable à lui rapporter, Camille. Notre amour, c'est du granit. J'aurais pas cru que ça puisse être aussi beau et aussi dur. Je t'aime comme je ne t'ai encore jamais aimée. Si j'en suis sûr, c'est qu'aujourd'hui je ne vis qu'en t'aspirant, qu'en te mangeant. Et ça c'est quelque chose d'extra. Jusqu'alors, je collectionnais des émotions comme on ramasse des coquillages. Je les nettoyais, je les rangeais dans ma mémoire et je m'en garnissais le cœur. C'était de l'égoïsme. On bouffe de la passion, on s'en prend une indigestion, mais on est fier parce que ce n'est qu'à vous et que personne n'est au courant de ce qui se passe dans vos tripes. Aujourd'hui, je partage et c'est ce partage qui me fait du bien. Je sais que le soir, je peux te raconter ce qu'il y a eu de chouette dans ma journée, et même de moche. Tout cela, je le vis pour deux. Du coup, ça a un sens. Je me demande comment je pouvais m'en passer avant. »

Nous nous sommes tus, puis couverts de baisers.

« Je ne t'aurais jamais raconté tout ça si je n'avais pas cru te perdre. »

Camille a essuyé une larme mais n'a pu s'empêcher de plaisanter sur mon romantisme de kiosque de gare. Pour faire diversion, j'ai embrassé partout cette peau qui sentait le petit-lait âcre ; elle devait avoir beaucoup transpiré pendant la nuit. Nous avons refait l'amour comme autrefois. J'étais très excité par le souvenir de cette nuit, de cet amour par effraction, sans qu'elle le sût.

Nous nous sommes promenés dans le couvent et ses alentours. Elle était enjouée comme avant, me faisait des niches. Je la regardais comme plus tard je te dévorais des yeux, Alexis, en te traitant de petit monstre pour masquer ma joie de t'avoir engendré.

Elle était encore un peu faiblarde et ne prit rien à l'heure du déjeuner, mais, le soir venu, nous nous sommes retrouvés attablés en compagnie de quatorze moines du couvent. Les gaillards étaient de bonne compagnie et ne se gênaient guère de la présence incongrue de ce couple qui avait tout juste la trentaine. A deux.

C'est la première fois que je parlais en public et qu'on m'écoutait comme un personnage autonome, doté d'une vie propre et d'une pensée à lui.

En allant nous coucher, nous étions comme mari et femme ou, mieux, comme amant et maîtresse dans une auberge complice. Notre nuit allait être une fête ; il y avait du bois dans la cheminée...

Comme il faisait encore assez froid, Camille garda ma veste de pyjama et je mis un de ces maillots de corps en coton qu'on commençait à appeler tee-shirt. Nous nous blottîmes l'un contre l'autre et elle me dit :

« Tu as raison. Partons. Ici, c'est le bonheur

100

absolu et je ne veux pas qu'on touche à l'absolu. Ça commence à se patiner et puis après ça se rouille. On va s'habituer l'un à l'autre et on va détester ça parce qu'on est tous les deux beaucoup trop exigeants. »

Nous nous tûmes. Le silence était majestueux. Nos âmes se parlaient.

19

Le départ traînait. Jérôme tenait absolument à nous faire accompagner. Je tempêtais. Il n'en était pas question. Le moine essayait de me convaincre, les mâchoires serrées pour ne pas être entendu de Camille.

« Je t'ai dit que l'amélioration serait toute provisoire et qu'il y aurait bientôt une évolution plus grave et plus rapide de la maladie. Tu as besoin de quelqu'un avec toi. On ne sait jamais. Si tu veux, je peux te donner le vieux René ; il est à moitié sourd. Pas gênant. Vous pourrez vous raconter vos histoires.

— C'est pas le problème. On veut simplement être seuls. On a vécu une aventure merveilleuse, en partie grâce à vous, et on veut aller jusqu'au bout. Puisque tu crois qu'elle n'en a plus pour très longtemps, laisse-la-moi pour moi tout seul... »

C'était une rouerie, car je m'étais toujours défié du diagnostic de Jérôme. J'étais sûr qu'en bas on la remettrait sur pied. J'avais bien joué ; l'argument emporta la décision du père.

« Une condition quand même : vous prenez un mulet. Vous pourrez lui faire porter vos sacs et ces médicaments. »

C'était bien sûr un peu ridicule de cheminer avec

un âne, mais je savais que ce compromis nous épargnerait René. La préparation du mulet retarda notre départ et nous partîmes quand le soleil redescendait déjà. La lumière accusait le relief. Les Alpes étaient majestueuses. Tous les moines et moinillons étaient rassemblés dans la cour pour nous dire adieu et nous embrasser chaleureusement. On se serait cru dans une assemblée familiale avant un bac ou une communion solennelle. Je tombai dans les bras de Jérôme, qui me rendit quelques bourrades affectueuses dans le dos. Il tapota le front de Camille du bout des doigts.

De la crête qui nous avait si longtemps, à l'aller, caché le monastère, nous eûmes un dernier regard sur notre paradis perdu. Cela se fait, Alexis, dans tous les westerns. L'adieu à la terre, à la bien-aimée. Nous distinguions encore les derniers moines qui regagnaient l'intérieur et Jérôme qui semblait en discussion très animée avec René. En nous voyant, il eut un grand geste dégagé du bras pour nous saluer.

Nous sommes repassés devant la grotte où Camille avait voulu tout abandonner, si près du but. Le ciel était clair et nous nous sentions en grande forme. La chute des pierres que nous déplacions en marchant nous faisait sursauter et, chaque fois, nous nous frottions l'un à l'autre comme des collégiens que nous n'étions plus. Nous avons bivouaqué tard dans la nuit.

Au matin, la brume ne se dissipa point. Une sorte de crachin l'accompagnait. Le mulet semblait mal à l'aise et rechignait à avancer dès que le passage devenait trop pierreux. Nous devions souvent le pousser et maudissions Jérôme qui nous avait imposé cet animal encombrant. Nous avons fini la journée trempés jusqu'aux os.

Dans la nuit, Camille m'inquiéta. Elle toussait beaucoup. Comme le sommeil nous fuyait, nous partîmes dès l'aube. Pour lui éviter toute fatigue, je l'installai sur cet inconfortable baudet. Tu aurais trouvé la scène très touchante, Alexis... Elle, avec son petit ventre en avant, et moi, les rênes à la main... C'était la fuite en Égypte ou la recherche de l'auberge à Bethléem !... Je dis à Camille ce qui me passait par la tête et elle rit franchement en agaçant sa toux. Nous ne parlâmes plus guère. J'avais la tête qui bourdonnait et Camille commençait à flancher. Elle essaya de s'allonger sur le mulet, mais c'était encore pire. Elle serrait les dents pour ne pas crier. Je sentais confusément tout cela dans son dos, mais j'allongeai le pas pour voler au temps les derniers kilomètres qu'on voulait nous refuser.

Petite mule courageuse elle-même, Camille tint jusqu'au crépuscule. Elle tomba comme une masse sur le chemin. Elle avait un filet de sang au front quand je la relevai.

Sa blessure paraissait superficielle, mais son état empirait. Elle commença à geindre puis à délirer. J'étais perdu comme un gosse qui a fait une bêtise. Je regardais autour de moi, j'essayais de me rappeler les conseils de Jérôme. Je passais en revue les médicaments du balluchon quand j'entendis un bruit qui m'effraya. Un homme ou une bête, difficile à dire. Paniqué, je pris une pierre et serrai très fort Camille dans mes bras. C'était bien un homme qui dévalait la montagne. Je ne reconnus pas tout de suite René qui agitait les bras comme un moulin à vent. Soulagé, je compris que Jérôme lui avait demandé de nous suivre à distance, afin d'intervenir en cas d'incident. De toute façon, il fallait reconduire le mulet au monastère.

Je souris au souvenir de ces deux nuits que nous avions passées sans le savoir sous la protection d'un ange gardien, qui devait grimacer de froid. René se dépensait d'ailleurs avec ardeur pour mettre un peu d'arnica sur le front de Camille, lui piquer le bras et la remettre en selle, bien calée sur nos sacs. Nous marchâmes ainsi toute la nuit. Camille ne bougeait pas, ne disait rien. Je lui pris la main plus pour me rassurer que pour la réconforter. Sa vie semblait si fragile cette nuit-là qu'on aurait pu la cueillir au vol comme une mouche étourdie.

Juste avant l'aube, à l'heure laiteuse, nous fûmes en vue de Weitershausen. Il me plaisait d'arriver ainsi en catimini. J'aurais mal supporté les regards interrogateurs de nos camarades, des malades et du personnel. Cet étrange équipage affola le portier, mais René lui demanda de se calmer et de n'alerter que l'infirmerie. Ce que fit le bonhomme.

Par chance, le médecin de garde était celui que je préférais. C'est lui qui m'avait soigné et m'avait adressé des signes de complicité affectueuse quand il eut deviné les liens qui m'unissaient à Camille.

Nous étions pourtant loin du temps d'avant, Alexis... Mal réveillé, le médecin situait avec peine ce jeune couple hagard et trempé qui débarquait d'une planète inconnue.

« Mais ça fait une semaine, Tristan ! On s'est affolé ici. Vous étiez à Genève ? »

Je ne voulais rien raconter de cette parenthèse vécue hors des humains et au-dessus d'eux.

« On vous croyait à la ville. Ça arrive parfois chez des gosses qui veulent aller au café et jouer avec les juke-boxes. On avait prévenu la police. »

Les juke-boxes... Nous n'étions décidément pas de

ce monde et ce monde aurait du mal à nous comprendre. Mieux valait ne rien raconter. Et eux, qu'est-ce qu'ils avaient bien pu dire à mes parents ? Deux ou trois fois, je m'en étais inquiété pendant le voyage.

« On ne leur a pas téléphoné, mais on était bien emmerdés. Tu vois notre responsabilité ? »

Je n'ai pas répondu. Mes yeux brillaient. Le médecin comprit que j'étais devenu quelqu'un d'autre et qu'il ne fallait plus me chercher querelle. Il devait d'abord s'occuper de Camille, toujours groggy sur le mulet. Elle avait du mal à respirer.

« Aide-moi, Tristan. Allons-y. »

Nous avons porté la poupée de chiffon jusqu'à l'infirmerie. J'ai vu René s'en repartir avec son âne vers le soleil qui se levait. C'était beau, Alexis.

Je pleure en t'écrivant. Je vivais mes derniers moments de bonheur.

20

J'AI dormi tout le jour. A six heures, j'allais trouver le médecin. Camille était toujours sans force. Il ne fallait pas la voir pour le moment.

« Je crois que vous avez fait une belle connerie tous les deux. Je serais incapable de t'en vouloir. Ça a dû être beau. »

Pas besoin de te le dire, l'administrateur de l'établissement a été moins chaleureux. Sans doute pour m'impressionner, il m'a fait attendre dans l'antichambre. J'en ai profité pour me cuirasser. On tenterait de découvrir mon secret et de le salir. Eh bien, on allait voir...

Il y alla fort. Il voulait me faire capituler, me convaincre de ma faute. Sa peur, le dérangement, il fallait que je les lui paie. Il ne parlait qu'inquiétudes folles, coups de téléphone dans tous les sens, réunion du conseil, début d'enquête de la police. L'hypocrite, il prétendait avoir freiné la procédure en prenant tout sur lui. Il se donnait, par principe, une semaine avant de lâcher les chiens. Tu parles, ça l'arrangeait bien ; il avait eu peur pour sa place et la réputation du collège. On était arrivé dans les temps.

J'ai encore eu droit à la morale, la responsabilité, la discipline, la confiance, mon immaturité. Immature !...

J'inventai une histoire qui sautait le monastère. Et aussi les aigles, qui, comme nous, avaient voulu se brûler les ailes au soleil.

Il se garda de fouiller davantage. Je ne pouvais m'empêcher de sourire. L'entretien était terminé.

L'accueil au réfectoire fut, lui, émouvant et inattendu. J'étais en retard ; je redoutais de me mêler à ces types et à ces filles qui n'avaient que si peu de chose à partager avec moi. Or mon entrée fut saluée par des murmures galopants puis par un silence impressionnant, enfin par des applaudissements isolés que tous reprirent en se levant. Les surveillants étaient gênés, certains même applaudissaient du bout des doigts. Je détournai le regard. Buée. Éclairs. Camille. L'héroïne n'était pas dans le réfectoire. Elle était à l'infirmerie. Sans Juliette, Roméo était très seul ce soir.

J'ÉTAIS seul, mais fort. Pour la première fois de ma vie, j'avais réussi quelque chose. Une manière de performance, ou plutôt d'accomplissement. Une force inconnue avait travaillé mon âme, l'avait aidée à se révéler. Un long mûrissement que rien ne pourrait plus arrêter.

Des garçons de mon âge, parfois même plus vieux, vinrent me voir. Aucun d'entre eux ne fit d'emblée allusion à notre fugue, mais ils laissaient percer leur admiration. Un soir, on alla jusqu'à réclamer mes lumières pour une explication de texte ! Moi, le mauvais, l'avant-dernier, l'incertain... Une fille vint me parler de pilule. Elle était amoureuse, n'avait jamais couché avec son petit ami, mais, par précaution... Le garçon ne voulait pas, avait peur qu'elle n'en profitât pour coucher avec d'autres. Et moi, pour notre bébé, est-ce que j'avais vraiment voulu ? Crois-moi si tu veux, Alexis, je n'avais jamais entendu parler de pilule ou de contraception. Ma fiancée ne me parlait pas de tout cela. Mais la fille insistait. Je sentais que je devais répondre à une attente. Avec assurance, je lui servis quelques généralités qui l'impressionnèrent. C'est si bon, un conseil d'homme mûr... Pour me remercier, la fille s'approcha de moi, m'embrassa sur la bouche et me laissa entendre que si je voulais... Mais je

ne voulais pas, je n'avais envie de personne d'autre
que de Camille. Quand même, lorsqu'elle partit,
j'étais tout drôle.

« Tristan, pour nous, c'est tellement long d'être
grand... »

L'adolescent qui venait de me parler en confidence était un ami de Camille. Il y a deux semaines
encore, il me hérissait le poil. Ce matin-là, où était
la supériorité dont il faisait volontiers étalage ? Il
était émouvant, ainsi perdu dans les brumes de
l'enfance. Et moi, sorti des marécages, je me faisais
paternel. Je brandissais le flambeau que m'avait
légué le père de Camille, dont on était sans nouvelles depuis plusieurs semaines et qui ne savait donc
rien de la grossesse de sa fille. J'étais res-pon-sable.
Futur père. Époux modèle à seize ans. Mais ma
femme n'allait pas bien. On me l'avait confisquée
pour me faire payer mon orgueil.

Ma septième lettre à Camille :

Camille, ma Camille,

Ils viennent de te voler à moi. Je sens bien que
c'est pour longtemps. Ils ont gagné. Nous devions
payer notre bonheur de quelques jours. Mais ça
coûte cher.

Quand ils t'ont portée sur ton brancard tout à
l'heure, j'ai repensé à ce film que nous avions vu
ensemble au ciné-club il y a trois mois, *Quai des
Orfèvres*, à ce mot de Larquey qui vient de dénon-
cer une pauvre bonne femme : « Pardonnez-moi,
madame, mais on n'est pas les plus forts. » Cette
phrase est magnifique ; elle est pudique et vraie.
Depuis le début, Camille, je sais bien que nous ne
sommes pas les plus forts. Il nous ont laissés nous
échapper pour mieux nous reprendre. Ils savaient
qu'ils nous auraient à leur merci lorsque nous
serions épuisés. Dans toutes les guerres, cela se
passe comme cela. On te fait croire en ta liberté ;
on te laisse partir. Généralement, tu détales comme
un lapin, en jetant derrière toi des regards apeurés.
Ils rigolent et te tirent comme un gibier. Tu n'as
jamais le temps de sortir de la clairière et d'arriver
au petit bois.

Nous avons cru en notre liberté. Ils se sont bien
moqués de nous. Mais on s'en fout.

Je t'aime.

TRISTAN.

22

Tout doucement, Camille déclina. Elle se vida de son ardeur. Son visage se marquait. Les stigmates de la maladie réapparurent. Elle jouait au petit soldat, bravant la camarde. Son écorce restait encore vigoureuse et faisait illusion, mais je savais que la pieuvre était en elle. Jamais Camille n'en parlait, mais le soir, lorsque l'obscurité nous apportait l'impunité et nous offrait un cocon de coton, nous nous regardions sans rien dire. Et nous ne pensions qu'à cela. J'aimais ces longs moments où je détaillais son visage avec un extrême soin. J'imaginais les combats terribles que se livraient en silence ses cellules sous sa peau fragile. Quand le soleil disparaissait tout à fait, cette peau prenait le grain qu'ont les photos de cinéma recadrées et dix fois grossies. Le grain devenait sable. Il me semblait qu'une main passée sur son visage aurait suffi à tout faire disparaître, comme les traces de pas à marée montante.

Camille devenait immatérielle.

La maladie faisait de terribles ravages. Elle m'atteignait dans ma chair. On me permit exceptionnellement de n'aller en classe que le matin et je m'installai dans un lit pliant face à elle. L'après-midi, je lui récitais du Rimbaud, du Villon et du Maïakovski.

Camille changeait beaucoup. Elle n'était plus aussi désabusée. Elle devenait facilement grave, mais pas vraiment triste. Elle portait désormais aux autres une grande attention. Elle avait demandé à revoir plusieurs de ses anciens amis. J'ai su plus tard qu'elle leur parlait beaucoup de moi et qu'elle les questionnait sur mes réactions. Tous ressortaient bouleversés et allaient souvent me voir pour se délivrer et me soulager. Jamais elle ne se livrait à eux.

A moi, elle parlait de tout, avec un recul que je ne lui connaissais pas. Elle lisait beaucoup de philosophes et me restituait, sans prétentions intellectuelles, ce qu'ils lui avaient apporté. Elle s'interrogeait sur l'existence, sur le sens d'une vie et d'un passage. Dans ces moments-là, elle m'agaçait comme m'irritait ma grand-mère qui, à cinquante ans, s'était mise en quête d'une concession au cimetière et parlait à chacun des détails de sa succession. J'avais pourtant semé l'ivraie chez Camille en faisant de la mort l'ordinaire de mes réflexions. Nos deux papiers buvards avaient échangé leur encre. C'est moi qui aujourd'hui refusais le rationnel, ne me nourrissais que d'instincts et de griserie.

Un peu plus d'un mois après notre escapade, je reçus un pli sans timbre. Il était signé de Jérôme. Abrupt et tendre comme lui : « Je sais que ta fiancée est O.K. Tiens bon. Le parrain du bébé. Jérôme. »

Ce bébé devenait maintenant notre phare. Dans la tempête, il fallait aller jusqu'à lui. Après, on verrait bien.

Le 28 novembre, au moment où je quittais Camille, deux médecins vinrent me rejoindre :

« On veut te parler. »

Mauvais pressentiment. Je me butai dans une attitude hostile.

« On vient d'examiner le bébé. Tout va bien. A sept mois et demi, il est déjà parfaitement formé. Mais sa maman va beaucoup moins bien. On ne peut plus la sauver... »

J'étais très blanc, toute substance vidée.

« Si ça doit se passer avant terme, est-ce que tu es d'accord pour que nous essayions de tout faire pour garder l'enfant ? »

Leur répondre, Alexis ? Ils évitaient mon regard.

« Mais vous vous rendez compte de ce que vous venez de me dire ? Vous m'apprenez que vous ne pouvez plus la sauver, et vous me parlez déjà de ce qui se passera après...

— Il faut se préparer, bonhomme. On sait que cet enfant est à vous deux et on te demande de nous aider à faire ce que la médecine nous commande de faire.

— Eh bien, s'il le faut, si cela doit arriver, sauvez-le. Et donnez-le-moi. »

J'étais effondré. Personne à qui me confier. Une solitude qui pour la première fois me pesait. Le fond de la détresse. Jusqu'alors, je m'étais battu pour elle, pour moi, pour l'enfant. Et l'on me volait mon courage...

Ce soir-là, je ne me rendis pas au réfectoire. Je rôdai longtemps autour du dispensaire et, les lumières éteintes, je me glissai dans la chambre de Camille qui ne dormait pas. Elle eut un mouvement de recul en m'apercevant. Elle était en train d'écrire mais refusa de me dire quoi.

« C'est pour toi, mais pour plus tard. »

Elle glissa le papier sous le matelas et m'ouvrit ses draps.

« Déshabille-toi et viens. »

Nous n'avions pas fait l'amour depuis deux mois. Ça c'est un cadeau, Camille. La journée était trop noire. Mais je ne pus la pénétrer tout de suite. Elle était sèche et mes pensées étaient ailleurs. Un blocage m'interdisait de profiter d'un caprice de malade ou d'une récompense qu'elle aurait pu vouloir m'offrir. Nous nous sommes donc longuement caressés et reniflés comme deux petits chiens. Nous réapprenions nos corps.

Plus tard, beaucoup plus tard, après de longs silences et quelques échanges étouffés, elle a collé ses cuisses aux miennes et m'a caressé le sexe. Je l'ai prise doucement et nous nous sommes aimés lentement.

Nous transpirions abondamment et mouillions nos visages de nos sueurs mêlées. Nos poitrines brillaient dans la lune.

Son éclat nous électrisait.

Quand les nuages revinrent, je me suis retiré en embrassant passionnément celle que j'aimais.

Elle a dit :

« Farewell Angelina, farewell Tristan. »

Et, pour dérider mon front :

« C'est une chanson de Bob Dylan. Je t'aime, Tristan. »

23

L<small>E</small> lendemain, je ne fus pas admis à la voir.

« Elle est en examen ?

— Non, c'est elle qui a demandé à ce que personne ne vienne plus.

— Mais je ne suis pas personne. Qu'est-ce qu'elle a dit pour moi ?

— Elle a dit : « Surtout pas Tristan. Il comprendra et il aura un mot de moi. »

— Je ne comprends pas du tout. »

J'avais bondi dans le corridor et refusai d'écouter l'infirmière qui me criait de ne rien faire. Le visage courroucé de Camille était reproche.

« Tu n'aurais pas dû venir, Tristan, je ne voulais plus voir personne.

— Même moi ? Tu es ce qui compte le plus au monde et tu veux m'interdire de te voir quand ça va mal ?

— Tu as toujours eu besoin de points sur les *i*. Et tu sais bien que ce n'est jamais bon pour toi. Ne dis surtout rien. Je vais mourir, Tristan, avant la fin de la semaine. J'en suis sûre désormais. Et les médecins m'ont dit que mon visage allait se déformer, que je ne serai peut-être pas belle à voir. J'ai voulu que tu gardes de moi le souvenir de la nuit dernière parce que j'étais bien et que nous avons fait l'amour comme la première fois dans la salle de gymnastique... Je ne voulais pas t'habituer à l'idée... Je voulais que mon image soit gravée en toi à ton insu, sans que tu te sentes obligé de me photographier dans ta mémoire.

— Mais, Camille, c'était un peu me mentir.

— C'était un peu te mentir et beaucoup t'aimer. Je ne pense plus qu'à ton avenir puisque je n'en ai plus. Et mon image, c'est ton futur. C'est aussi notre enfant. Protège-le très fort, s'il vit, et garde-le de tous les salauds. Empêche-le de devenir médiocre. Ne le laisse jamais dans les creux, les vallées et les fonds. Tiens-le toujours à bout de bras. Installe-le dans les branchages, dans les cimes et sur la queue des étoiles. Et s'il grandit mal, s'il n'est pas de notre race, étouffe-le. Jure-moi d'en faire ce qu'il y a de plus beau au monde ou alors de m'oublier à jamais. »

J'avais le visage tout mouillé et la bouche entrouverte. Je la mangeais du regard. Ses yeux brillaient et ses orbites se dégradaient en longs cernes.

« Jure-moi aussi de ne pas essayer de me revoir, même après ma mort. Attends pour revenir qu'on m'ait clouée dans une boîte. »

Je me suis précipité sur elle et me suis blotti entre ses seins et cette petite boule ronde qui dansait déjà la gigue. Je suis resté longtemps à respirer ce corps, à sentir cette odeur que j'aimais par-dessus tout. Elle m'empoignait la nuque et pleurait comme moi.

Je me suis dégagé brusquement et je suis sorti sans la regarder. Très pâle, sans doute, j'avais du mal à marcher. Je me suis laissé glisser le long du mur de sa chambre.

« Viens, mon petit gars, me dit gentiment l'infirmière.

117

— S'il vous plaît, madame, laissez-moi là. »

Elle m'installa un peu plus loin à l'entrée du corridor et me donna un coussin. J'étais accroupi, adossé au mur, les bras ballants entre les jambes, et regardais fixement le paysage imaginaire du linoléum.

On chuchotait beaucoup autour de moi, mais les médecins me laissèrent ainsi. Tout le jour et toute la nuit. Le lendemain, l'estomac noué, je ne bus qu'un verre d'eau. Le soir, je réclamai une faveur. Mon coussin contre l'oreiller de Camille. Je voulais retrouver son odeur et partager ses dernières heures avec elle. On m'apporta l'oreiller. J'y enfouis ma tête.

Il le fallait. Tout n'était que remue-ménage et va-et-vient du côté de sa chambre.

A minuit moins dix, ce 2 décembre, tu as crié, Alexis. Tu venais de perdre ta maman, Camille.

Et moi, dévoré par les loups qui hurlaient dans ma tête, j'ai trouvé la force de lui écrire.

Ma dernière lettre :

Mon amour,

Tu n'as presque jamais répondu à mes lettres. Pour celle-ci, tu auras une excuse. Ce n'est pas la première fois que tu me fais mal, mais en partant tu me fusilles. Tu me laisses ce bébé que je vais avoir du mal à aimer tout de suite parce qu'il est le prix d'un échange. Lui contre toi. C'est toi que je voulais. C'est toi qui n'es plus là. J'en crève de douleur. Tu m'aimerais en cet instant parce que je n'ai plus rien d'un romantique à quatre sous. J'ai les yeux secs. Il n'y a plus à pleurer en moi. Je t'ai déjà tout donné.

Fallait pas me quitter maintenant, Camille.

24

UNE infirmière passa en courant avec dans ses bras
le bébé Alexis qui vagissait. Je ne t'ai pas regardé.
L'administrateur, mal réveillé, vint aux nouvelles.
Le gynécologue appelé de Genève et les deux
médecins ne cessaient d'entrer et de sortir. Une
autre infirmière ôta les fleurs que j'avais cueillies il
y a trois jours pour ta maman. Des marionnettes
s'agitaient.

Je les haïssais. Elles avaient le droit de pénétrer
là où j'étais interdit de séjour et elles le faisaient
sans délicatesse.

On ouvrait une fenêtre. Tu criais un peu moins
fort. Effondré dans mon oreiller, je cherchais à
m'assourdir mais ne parvenais qu'à amplifier l'écho
redoutable de cette chambre vide où l'on venait de
procéder à un transfert d'âmes.

Quelqu'un s'était arrêté devant moi et me tapotait tendrement la nuque. C'était l'infirmière que
j'avais bousculée l'autre matin.

« C'est fini, petit bonhomme. Elle est morte. Et tu
as un garçon. Il est très beau. »

Je la regardais en somnambule.

« Avant de mourir, elle avait laissé ce petit
paquet pour toi. »

C'étaient quelques feuillets noués d'un ruban

carmin. Je les ai mis sous ma chemise, contre ma peau, et suis parti pour les lire dehors. La nuit était froide. Une nuit de cinéma, tant la lune était claire. Je m'assis devant la porte de la salle de gymnastique et dépliai les feuillets. Elle avait recopié le premier des *Kindertotenlieder* de Mahler, ces chants pour les enfants morts que je n'avais jamais entendus mais dont le nom me fascinait :

Et maintenant le soleil va se lever radieux,
comme si la nuit n'avait apporté aucun malheur.
Le malheur n'est arrivé qu'à moi seul,
mais le soleil luit pour tout l'univers.

Tu ne dois pas enfouir en toi cette nuit,
mais la verser dans la lumière éternelle.
Une lampe s'est éteinte dans ma tente.
Que rayonne la lumière des joies du monde.

Je te donne ce poème dans ta langue. Les racines vont maintenant me manger le corps. Mais je veux que la lumière éclaire à jamais ma tente.

Le dernier des *Kindertotenlieder*, je te l'écris maintenant en allemand parce que mon père écoutait toujours, quand il se croyait seul, après le départ de ma mère, l'interprétation de Kathleen Ferrier. Je la connais par cœur. Envoie-lui ce mot. Ce sera mon adieu à celui que, seul avec toi, j'ai aimé. Je vous embrasse tous les deux comme une sale petite fille qui a beaucoup à se faire pardonner.

A bientôt, Tristan.

YSEULT.

121

Le deuxième feuillet avait été écrit il y a plus longtemps. L'écriture en était soignée et le papier un peu usé. Camille y avait rajouté cinq mots, plus désordonnés :

Farewell, daddy. I love you.

Au-dessous, le poème de Rückert transfiguré par Mahler :

In diesem Wetter, in diesem Braus,
Nie hätt ich gesendet die Kinder hinaus,
Man hat sie hinausgetragen,
Ich durfte nichts dazu sagen.

In diesem Wetter, in diesem Saus,
Nie hätt ich gelassen die Kinder hinaus,
Ich fürchtete, sie erkranken,
Das sind nun eitle bedanken.

In diesem Wetter, in diesem Grauss,
Nie hätt ich gelassen die Kinder hinaus,
Ich sorgte, sie stürbten morgen,
Das ist nun nicht zu besorgen.

In diesem Wetter, in diesem Braus,
Sie ruhn als wie in der Mutter Haus,
Von Keinem Sturme erschrecket,
Von Gottes Hand bedecket.
Sie ruhn als wie in der Mutter Haus.

Par ce temps, par cette averse,
Je n'aurais jamais envoyé les enfants dehors.
On les a portés dehors,
Je n'ai pu rien dire à cela !

Par ce temps, par cette tempête,
Je n'aurais jamais envoyé les enfants dehors.
J'eusse craint qu'ils ne deviennent malades,
Ce ne sont que vaines pensées maintenant.

Par ce temps, par cette tourmente,
Si j'avais permis aux enfants de sortir,
J'eusse craint qu'ils ne meurent demain.
Cela n'est plus à craindre maintenant.

Par ce temps, par cette tempête,
Ils reposent comme dans le sein de leur mère,
Nul orage ne les effraie,
Protégés par la main de Dieu,
Ils reposent comme dans le sein de leur mère.

Lettre de Tristan à Alexis.

Voilà, Alexis, tu sais tout. Tu sais qui est ta maman. Tu l'avais deviné aux premières pages de ce cahier. Aujourd'hui, elle n'a pas changé, elle a toujours seize ans. Ce serait pour toi une merveilleuse grande sœur.

Je t'ai raconté mon histoire autant pour m'en délivrer que pour t'aider à dissiper le mystère de ta naissance. Jusqu'à ce jour, je n'en avais parlé à personne. Tes grands-parents ne connaissent que l'existence et le nom de ta mère, pour les démarches d'état civil. Pas son histoire. Il fallait que Camille restât secrète. Il faudra qu'elle le reste maintenant que tu es au monde. Il n'y aura jamais eu plus d'un être vivant à savoir. La pureté ne se divise pas. Tu es maintenant le Roi de ma Reine.

Souviens-toi de ce que tu as appris l'année dernière en histoire. Quand les Anglais ont découvert les sarcophages des pharaons égyptiens, ils ont introduit dans les tombeaux un air frais fatal aux momies. Elles se sont lentement décomposées. Deux ans plus tard, il ne restait plus que les bandelettes. Jamais personne n'aurait dû violer leur secret. Et tu sais bien, depuis les *Cigares du Pharaon*, que la malédiction a longtemps poursuivi les pilleurs de tombeaux.

Alexis, personne n'a le droit de toucher à notre trésor. Tu as désormais compris pourquoi je t'avais jusqu'alors caché l'histoire de ta naissance. Jamais enfant n'a été le fruit d'un amour si rare, si douloureux. Du moins m'en suis-je longtemps per-

124

suadé, pour justifier la trace et le sens de mon passage dans la vie.

J'ai essayé de respecter les dernières volontés de Camille. J'ai voulu faire de toi un être sans vulgarités, sans médiocrités. Je t'ai souvent regardé en coin et t'ai remercié silencieusement d'être ce que je souhaitais.

Tu m'appelles Tristan. Je t'appelle Alexis. Appelle-la désormais Camille. Nous sommes tous trois de la même chair, de la même flamme.

TRISTAN.

P.-S. — Je t'ai raconté jusque-là un élan brisé. Je vais maintenant te parler d'une dérive. Ma première histoire a duré un an. La seconde, douze, mais elle tient beaucoup moins de place.

hiver

25

Tu le sais, je t'ai d'abord détesté. Tu étais là à sa place. Tu n'en avais pas le droit. Pour que tu vives, il avait fallu qu'elle meure. Que voulais-tu que me fasse ce moutard braillard qui n'avait rien d'elle, quoi que disent les infirmières. Tu salissais mon rêve, tu m'empêchais de l'enchâsser. Tu étais l'arme qui rappelle le crime et qui vous poursuit. Avec toi, je ne pouvais ni inventer un futur avec Camille ni me réfugier dans le conservatoire de la Mémoire. Tu ne me laissais pas seul avec elle ; tu te rappelais à notre souvenir, tu gênais notre intimité.

Pardonne-moi, Alexis, mais j'ai vraiment souhaité que tu disparaisses. Tes grands-parents se sont chargés de t'éloigner. Accourus au moment du drame, ils ont essayé de m'apaiser sans manifester une émotion trop apparente devant ma paternité inattendue. Ils ont su trouver les mots qu'il fallait pour ne pas m'embarrasser davantage, mais ils avaient affaire à un mur. J'opposais au monde un visage de pierre, un cœur impénétrable. Je manifestais tout juste une violente colère lorsqu'on tentait de voler notre secret ou de fouiller mon passé. Pour le reste, je crois bien n'avoir pas versé une larme pendant le séjour de mes parents.

Ils prirent contact, sans me le dire, avec le père

de Camille et l'aidèrent à la rapatrier en Angleterre. Pas de cérémonie en Suisse, je ne l'aurais pas supporté. Tes grands-parents me proposèrent de suivre l'enterrement à Greenwich, dans la banlieue de Londres. Alan, le père de Camille, insistait. Je refusai. Je ne me sentais pas prêt à soutenir son regard. Or je savais combien il comptait encore dans le cœur exigeant de sa fille. Je voulais découvrir cet homme. Mais le jour n'était pas venu.

Mes parents s'occupèrent de tout et accompagnèrent le convoi jusqu'à l'avion pour Londres. Pas une seule fois, pendant ces trois jours, je n'allai voir Camille. Autant pour respecter ses volontés que pour ne pas forcer la mienne. J'étais physiquement incapable de venir à elle. Je n'aurais pas su converser avec ce cercueil qui ne renfermait qu'un corps improbable. Ce que j'avais aimé n'était pas dans cette boîte. On me l'avait ôté, définitivement. Plus tard sans doute, je saurais jouer avec un souvenir, une idée d'elle. Pour l'heure, j'étais grièvement blessé à la mémoire, mutilé de Camille.

Je te laissai donc repartir avec Papy et Granie. Ils étaient allés à Londres régler avec Alan les détails de ta garde. Célibataire, il lui était difficile de t'avoir à ses côtés, malgré son désir. Tout naturellement, tu revins donc à Tours. Je ne pouvais t'accompagner. Ma convalescence n'était pas terminée et l'on craignait une rechute après le choc.

Je devais être en acier, car je ne rechutai point. Je trouvai en moi des forces que je n'avais jamais explorées et que je ne croyais d'ailleurs pas tout à fait miennes. On avait dû me les prêter, le temps d'une épreuve. Je cassais d'une paume glacée les liens sentimentaux, amicaux, que j'avais noués avec ce sanatorium. Il ne m'était pas vraiment devenu détestable, mais indifférent. En éduquant mes émotions, en réprimant mes complaisances, je pus contrôler ma douleur dans les deux premiers mois. En refusant tout contact avec l'extérieur, je me durcis l'âme. Je me regardais tordre mes besoins de souffrance comme des linges mouillés, les pétrir comme une pâte à pain. J'en faisais presque ce que j'en voulais.

Lorsque le désir de souffrir se faisait très pressant, je boxais le vide avec mes petits poings et m'épuisais à l'effort. J'aurais aimé user d'autres dérivatifs, posséder un don, dominer un sport, jouer du piano ou courir le cinq mille mètres. Parfois, je pensais à Chopin, dont j'aimais la vie (tu le sais maintenant, en voilà un qui a su s'arrêter à trente-neuf ans). Liszt avait dit de lui : « Il ne se servait plus de l'art que pour se donner à lui-même sa propre tragédie. » Cette phrase me plaisait. J'aurais tant aimé transposer mon tourment en une autre dimension, le sortir de moi, le regarder s'agiter !

Déjà, j'étais héroïque. Le petit garçon mièvre que tu as découvert dans les premières pages de ce cahier ne pliait plus comme un roseau. Il était droit comme un I. Et il se guérissait tout seul. J'ai faibli quand j'ai su que la maladie était vaincue, mais j'étais alors sauvé. Je pouvais m'écrouler. Personne ne me regarderait plus. On ne m'ausculterait plus chaque jour pour savoir comment le cœur résistait, comment les cellules se régénéraient.

Les derniers mois à Weitershausen furent difficiles. Guéri, je me laissais aller à de fréquentes crises de mélancolie et entrepris des pèlerinages sur les lieux de nos amours. Ils ne me faisaient même pas le mal que j'espérais. Je ne voulus pas, comme je l'avais projeté, aller revoir Jérôme et son monastère.

26

Le retour chez mes parents fut franchement pénible. Ils me firent comprendre que c'était par pure
délicatesse qu'ils ne m'avaient pas sermonné en
Suisse. Mais ils me jugeaient sévèrement. On n'a
pas un fils à seize ans. On n'engrosse pas une fille
qui va mourir. Ils disaient cela sans sécheresse
d'âme, sans méchanceté, mais ils me blessaient et
creusaient le fossé qui me séparait d'eux. En
essayant de m'attirer sur le terrain du raisonne-
ment, ils allaient réduire mon amour à une dérisoire déclaration de paternité. Une seconde mort.
Jamais je ne l'aurais accepté.

Nos heurts furent de plus en plus rapprochés, de
plus en plus aigus. La plus petite allusion à Camille,
à ma situation, me faisait hurler. J'étais sûrement
insupportable et je t'ai plus tard retrouvé à mon
image en te voyant trépigner à la moindre contra-
riété. De cette époque, d'ailleurs, datèrent mes
premiers pas vers toi. Tu devenais mon seul trait
d'union avec Camille et parfois, le soir, je te faisais
dormir dans ma chambre. Au matin, je te prenais
dans mon lit. Tu n'avais que dix-neuf mois, mais tu
me faisais déjà fête. Depuis quelques semaines, tu
t'étais débarrassé de ton hostilité à mon égard, de
ta mine sombre de petit garçon rancunier. Tu
m'acceptais sinon comme père du moins comme
familier.

Après mes crises de colère, je venais souvent te parler. Je cherchais en toi une attitude, un plissement de nez, un regard de côté qui aurait pu me rappeler Camille. Mais je ne trouvais pas. Aujourd'hui encore, je reste persuadé que les bébés ne ressemblent qu'aux bébés et jamais aux vieillards. Cette insistance à rechercher dès la naissance une parenté de caractère ou de trait avec la mère, le père, l'oncle ou la belle-sœur m'a toujours agacé. Toi, ce que tu ne pouvais me donner par l'immédiate apparence, tu me l'offrais par le symbole. Ton existence avait désormais un sens. Tu serais ma passerelle vers Camille. Tu étais son legs. Et je l'avais négligé...

Ta présence me donnait de plus en plus de force pour affronter la guérilla permanente que j'entretenais avec mes parents. Ils me parlaient de position sociale, me faisaient lourdement sentir le poids des réflexions de leurs amis et relations à Tours. Ils ne cessaient de me parler de ton avenir et de mon passé.

A la réflexion, aujourd'hui, j'aurais du mal à leur en vouloir, mais mon bouillonnement de l'époque se contrôlait difficilement. J'eus la chance d'empocher mon bac et de pouvoir leur imposer mon départ à Paris. A Tours, les facultés étaient rares et le prétexte fut bien venu. Mes parents acceptèrent. Mon père m'accompagna à Paris et me trouva une chambre près du square Montsouris. J'y passai six mois, entrecoupés de retours de plus en plus déchirants à Tours. Tu me manquais, Alexis... Mes week-ends tourangeaux, je ne les vivais qu'avec toi. Tu dormais dans mon lit, j'avais peur de t'écraser et je gâtifiais dangereusement... Mais je te parlais comme j'aurais parlé à ta maman et j'avais l'impression de la quitter en reprenant le train pour Paris.

Le jour de mes dix-huit ans — c'était un 31 octobre
— je vins te voler à Tours. J'avais eu ce dimanche
une scène très pénible avec mes parents. Ma mère,
excédée (elle l'a plus tard regretté), m'avait dit que
ta présence lui pesait et qu'elle se serait bien
passée de ce troisième enfant non désiré. Elle
n'aurait pas dû. Je n'attendais que le moment. Je
réunis tes jouets et tes quelques affaires dans une
valise et je t'emportai sous le bras. Tu n'avais pas
encore deux ans.

Dès le voyage en train, je sentis que tu allais
occuper toute ma vie. Tout le monde nous regardait. Notre couple était incongru et j'en étais fier.
Nous étions à part et tu me donnais une singula-
rité, une raison de vivre qui me manquaient. A
Paris, les coups de téléphone avec tes grands-
parents furent orageux, mais je ne cédai point. Je te
garderais jusqu'à la fin de ma vie — pardon,
Alexis.

Il fallut subvenir à tes besoins, pour parler
comme ma mère. Je choisis les petits métiers de la
nuit qui me permettaient de t'avoir à mes côtés
pendant la journée. De tous, je préférais celui de
veilleur dans les hôtels. J'aimais beaucoup ma complicité avec la nuit. Elle réveillait en moi Camille et
je communiais avec son souvenir et ma souffrance
adorée.

Derrière un comptoir d'hôtel, une nuit ne meurt jamais. Elle s'installe en douce, vers une heure du matin, quand rentrent les derniers clients et cessent les grelots du téléphone. Les relations avec les autres s'embuent alors de mystère. Les derniers fêtards attardés ne te parlent jamais banalement. Le temps est devant eux. L'alcool aidant, ils se sentent le désir de laisser un dernier message à la mer avant de s'abîmer dans le sommeil. Les mêmes, au matin, passent sans te voir. Vers trois-quatre heures, tout s'épaissit, les bruits, les réactions du cerveau, de la plume, de l'oreille. Et vers cinq heures le retour au familier. Le passage des éboueurs, du fonctionnaire de police chargé de collecter les fiches, du livreur de la boulangerie industrielle avec ses croissants qui font illusion pendant une demi-heure avant de piquer du nez et de se racornir.

Ces nuits-là, Alexis, tu ne les as pas toutes passées loin de moi. J'avais un moment trouvé un hôtel où je prenais mon service un peu plus tard. Je n'avais à croiser aucun membre de la direction, aucun employé à l'exception du concierge de jour qui m'avait pris en amitié. C'est ainsi que tu me suivis plusieurs mois à l'hôtel et que je t'installai dans une chambre. Dans la nuit, je venais te voir. J'étais fou de toi. Un matin, le manège fut découvert et on me renvoya. Mais je poursuivis, trois ou quatre nuits par semaine, mes errances dans les hôtels parisiens. Aujourd'hui encore, j'y repense avec nostalgie. J'ai aimé ces moments d'absolu où je confrontais le coton de la nuit avec mes envies de revanche. J'avais alors envie de mordre le noir et je pensais souvent à ce que Verlaine avait dit de Rimbaud lorsqu'il reçut de lui sa première lettre : un « lycanthrope ».

Un lycanthrope, Alexis, c'est un malade mental qui se croit loup. Il paraît que cela arrive. Disons donc que j'avais mes heures de lycanthropie.

Mais, aux petites aubes opaques, je perdais de ma superbe. Mes matinées à la maison étaient pâteuses et mes études s'en ressentaient.

J'avais jusqu'alors, par fidélité à la mémoire de Camille, beaucoup travaillé, sans doute avec au cœur l'espoir de lui dédier la réussite qui en découlerait. Je voulais lui offrir un homme puissant, et si possible célèbre. Plus tard, au faîte de la gloire et des honneurs, j'avouerais après avoir un peu bu : « Mon ressort ? Une femme. » Et les journalistes chercheraient à savoir, fouilleraient ma vie d'adulte...

Tu vois, mon pauvre Alexis, à quoi tiennent les diplômes ! Mais Rimbaud a raison, on n'est pas sérieux quand on a dix-sept ans. Ni dix-huit. Ni dix-neuf. Tout doucement, je ne devins pas sérieux. Les études m'ennuyaient, mes compagnons de cours aussi. Il flottait là une odeur aigrelette de suint. On y récompensait les vertus de l'application, de la régularité, de l'effort laborieux. Chacun y perdait son âme.

Moi, j'aimais l'élégance, le travail qui ne se voit pas. Je m'étais lié avec deux fils de famille un peu superficiels mais qui respiraient la décontraction. Ils m'entraînèrent vers des jeux plus mondains et je dus m'y reprendre à plus d'une fois pour passer mes examens.

28

En fait, j'avais envie de dériver, et même d'aimer ma déchéance. Je larguais tous mes points d'ancrage. Camille n'était plus cette statue de marbre qui me servait de référence ou parfois de but. Plus ce trait d'union entre passé et avenir. Elle se diluait en fragments douloureux, ne servait plus à rien. Les digues sautaient. Je la savais à tout jamais perdue. Elle ne reviendrait plus. Je serais définitivement seul. Il fallait que je vive sans elle, contre elle peut-être, pour me venger de son absence.

Je commençai à la tromper. Les filles étaient le plus souvent sucrées, provocantes. Mais elles ne venaient pas encore spontanément à moi. J'appris donc à les amadouer, à les attirer dans mes filets. Comme je ne savais pas les faire rire, je les déconcertais en les soûlant de questions stupides ou inattendues, piquées de gentils petits sourires ravageurs. Sans sourire, pas de ravage... Elles réagissaient toutes au même déclic. Je ne les méprisais pas. Je jouais.

Autour de moi, tout le monde jouait. Mes amis de circonstance m'entraînaient dans des rallyes de jeunes filles effarouchées et de bellâtres boutonneux. Nous y étions reçus parce que nous étonnions, nous détonnions. Nos origines étaient douteuses. Nous étions tous trois de province. Nos parents ne recevaient donc pas. Nous faisions un peu peur, mais nous apportions du piment dans ces soirées guindées. On supportait donc nos insolences, nos excentricités. Nous déboulonnions quelques conventions, nous marchions hardiment sur leurs valeurs : particule, profession du père, études, bref, leurs fiches d'identification.

A beaucoup observer les autres, j'apprenais à jauger mes insuffisances. Ainsi, je ne savais pas danser. J'appris donc le rock et le slow. Je brillais mais manquais encore d'assurance dans la fausse confidence murmurée épaule contre épaule. Difficile de faire semblant de susurrer dans le tohubohu... Je ne savais pas non plus manifester mon trouble dans les glissements progressifs du plaisir et des étoffes, inspirés par les slows. Mes camarades me racontaient qu'ils se collaient à leurs partenaires, qu'ils leur plaquaient sur le ventre leurs sexes durs et qu'« elles aimaient ça ». Malgré mon désir de les humilier, en pointillé, de me venger d'elles pour ce qu'elles avaient fait du souvenir de Camille, je ne me résolvais pas à la franche trivialité. J'étais aussi soucieux de ne pas transpirer ou de ne pas avoir les mains moites. On m'avait dit que cela provoquait la plus mauvaise impression...

Tu vois, Alexis, j'étais en permanence en train de me regarder. J'agissais moins que je ne considérais l'effet de mes actes auprès des autres. Et cette double détente, qui m'apporta plus tard ce que l'on appelle le recul, me joua aussi beaucoup de tours. Pas facile de bander ses muscles au départ et de ne penser qu'au fil, cent mètres plus loin, quand tu sais qu'on t'observe et que le voyeur est en toi.

Plus je me jugeais, plus je me méprisais. Ce personnage qui s'agitait dans le glauque, et qui portait mon nom, je ne l'aimais pas. Il savait flatter les marquises aux cœurs vides et aux mots creux ; il savait éliminer les rivaux par les voies les moins catholiques ; il savait séduire les innocences avec des mots qui sonnaient faux dans sa tête.

Je fis pire, Alexis, je commençai à parler de toi. Jusqu'alors, personne ne savait rien. Lors de mes absences, de plus en plus fréquentes, je faisais appel à une voisine qui nous avait pris tous deux en amitié. Un jour, par bravade, pour me singulariser et décolorer, par comparaison, les vies de mes semblables, j'évoquai ton existence. On ne me crut point. Rastignac avait un petit garçon ? Le samedi suivant, je te traînai à l'une de ces soirées de pingouins. *Sans famille*, Alexis ! J'étais là avec mon petit singe au bout de sa longue laisse. Les badauds avaient la bouche en cul de poule. Certains gloussaient. Tu fis un effet remarquable. C'est à qui voulait t'offrir un petit four, te recoiffer, te tirer ta chemise. Tu devais avoir trois, quatre ans, je ne sais plus, mais tu cabotinais déjà comme ton père. Ton père qui n'était pas peu fier. Les dames le regardaient différemment.

Dès ce jour, je devins une attraction. Un si jeune père célibataire ! J'excitais les convoitises comme une fraîche divorcée. Je ne résistais pas toujours très vaillamment. Les demoiselles ne furent pas les plus assidues. Leurs mères les devancèrent bien souvent. C'est ainsi que je me retrouvai parfois dans le lit de femmes mûres, qui pour certaines avaient dépassé la quarantaine. Je ne m'en plaignais pas. Elles étaient expertes et m'apprirent à me servir de mon corps et du leur. De plus, elles avaient le mérite de ne pas laisser baver leur cœur et de ne s'attacher que physiquement. De temps à autre, elles me sortaient sans leurs filles. Je produisais toujours mon effet et ces dames se confiaient mon numéro de téléphone. Bref, Alexis, un gigolo, Tristan.

Je passai la nuit de mon vingt et unième anniversaire (ma majorité !) dans le lit d'une charmante hôtesse dont le nom est familier au Tout-Paris et dont je venais de séduire la fille (encore vierge) la semaine précédente. Cette nuit-là, perverse et dangereuse, je pris définitivement conscience de ma déchéance ! Loin de renoncer aux plaisirs du corps et de l'étourdissement, je me jetai davantage encore dans la luxure. Le monde dans lequel j'évoluais me paraissait désespérément superficiel, mais j'avais résolu de l'épouser jusqu'à ce que mort s'ensuive. Le chemin qu'il me traçait était-il moins droit que celui dans lequel j'avais cru m'engager à la mort de Camille ? Ma rédemption passerait peut-être d'abord par la conscience de mon abrutissement. Je pris plaisir à dompter les mouvements de mon cœur, à étouffer toute tentation de sensiblerie. Je fis la chasse aux mièvreries, aux douceurs, aux tendresses assassines. J'acquis une réputation de joueur, de cœur froid, de bourreau des âmes.

Attirées par mes fêlures cachées, mon sourire douloureux et mon passé mystérieux, les lucioles venaient à moi et se cognaient à l'abat-jour. Je les laissais s'ébattre, étourdies, et je les gobais d'un coup de langue. Mes succès féminins ne se comptaient plus. Les hommes me haïssaient parfois mais ne me le disaient pas. Leurs femmes et leurs filles se déchiraient et me désiraient. Je les consommais gloutonnement, « par peur de manquer », aurait dit ma grand-mère.

Il y avait dans ma précipitation, dans mon goût sans retenue de la collection d'émotions, quelque chose de boulimique mais peut-être aussi de pathétique. Cette course à la vie était d'abord une course contre la mort. Faire l'amour, c'était me pincer, me persuader de vivre. Conquérir, c'était rebondir, retarder l'échéance. Toutes ces femmes que je piquais tels des papillons sur liège, que je chloroformais pour ma mémoire — et, qui sait, mes veillées au coin du feu avec mes petits-enfants — étaient autant de rations de survie. Mais je savais aussi que ma démarche était folle, suicidaire, que je mangeais ma chair, mon intégrité. Très souvent, après l'amour, me venait le mépris d'elles, de moi. La plupart du temps, je ne revoyais pas mes conquêtes d'un soir. Ou beaucoup plus tard. Certaines d'entre elles me le reprochaient violemment, me le faisaient savoir. Trop soucieux de l'image que je donnais de moi, je tentais alors de cautériser ces cicatrices mal refermées. Et je m'y prenais mal ; j'allais de concessions en concessions, je recouchais avec elles une fois, ou deux, pour boucler la boucle, refermer la parenthèse. Et je ne refermais rien du tout. J'avais aussi une multiplicité de réseaux d'aventures finissantes, balbutiantes ou bien vivantes. Plus mes émotions s'entrechoquaient, plus mon désir montait. J'allais même jusqu'à programmer mes futures victimes. Je les appâtais avec quelques mots doux suffisamment ambigus. Je laissais tomber quelque mouchoir ou quelque caillou blanc pour baliser le chemin de mon corps. De mon corps et non de mon cœur. Je l'avais extrait de moi et porté en une châsse où personne n'avait accès. Était-elle dédiée à Camille ? Aujourd'hui encore, je n'en jurerais pas. Camille était hors de ma mémoire, hors de moi. Elle n'était que cette étoile qui scintillait lors de notre fugue du sana. Inaccessible, symbolique. J'avais même à son encontre des accès de vengeance parfaitement irraisonnés. Il m'arrivait de baiser des jeunes filles sauvagement, sans vraiment leur faire l'amour, au seul souvenir des frasques de celle que j'avais aimée. Cette revanche par ricochet me rendait encore plus impénétrable. J'aimais le contact de la lame dans la chair, sans le sang. J'aimais faire souffrir et me préserver des langueurs d'autrui. Ma réputation m'enchantait, car d'un sourire, je pouvais apaiser, souffler le chaud après le froid. Bref, Alexis, j'étais un séducteur, un « tombeur », comme tu dis.

Mais, insensiblement, les conquêtes me lassaient. Par paresse autant que par désillusion, je laissais venir à moi les petites occasions. Les grandes, faute de safaris, se raréfiaient. Le dégoût me gagnait. Je n'avais plus aucune considération pour moi. Je butinais les demoiselles jusqu'à l'indigestion. Je voulais leur voler leur miel. Faire l'amour ne m'intéressait même plus. J'aimais surtout voir leur volonté plier. Je prenais un plaisir aigu à l'heure du consentement tacite, quand le regard bascule et vous fait signe que la voie est ouverte. Il me fallait traquer leur accord en les couvrant de regards veloutés. Je connaissais leurs ruses, leurs replis et les forçais dans leur retraite. Je les décontenançais par des questions très directes ; je jouais la franchise et, au fond, j'étais peut-être franc. Mais en me déshabillant si souvent, en organisant des visites guidées des méandres de mon âme, je perdais de mon exigence. Un sursaut de dignité m'empêchait toutefois de parler de Camille à qui je pensais moins souvent mais qui avait creusé en moi un gouffre béant qui me déséquilibrait.

Paradoxalement, je fus sauvé, avant qu'il ne fût trop tard, par mon narcissisme. Et c'est un mauvais sourire, entr'aperçu dans une glace, qui m'alerta. A la commissure des lèvres s'était glissée une pliure désabusée, plus cynique qu'ironique. Elle me fit peur. Jusqu'alors, j'acceptais comme un atout mon détachement à l'égard des êtres et des choses. Je le colorais de scepticisme, d'ironie jamais cinglante et de douceur tranquille. Mais le personnage que j'avais face à moi semblait avoir appris la méchanceté. J'étais captivé par ce double comme par le portrait de Dorian Gray. « La vie » (qu'est-ce que cela veut dire, la vie, Alexis, avant trente ans ?) m'avait griffé sans ménagement. Les cicatrices se voyaient désormais à l'œil et n'avaient pas belle mine. Je ne comprenais pas celles qui succombaient à ce qu'elles appelaient mon charme. J'aurais détesté cet homme-là qui ressemblait tant à ceux dont je me méfiais, adolescent. Il n'y avait en cette image reflétée par le miroir aucune vérité, aucune humanité, aucune suffisance non plus, mais un vide qui m'effrayait.

Pendant plusieurs jours, je ne sortis plus et m'intéressai davantage à toi, qui poussais, sans me le dire, comme un cactus. On ne prenait guère soin de toi, mais tu grandissais droit. Je sais que tu me pardonnais mes absences, mes légèretés, mes inconstances, parce que tu m'admirais beaucoup. Tu me le disais et cela me rendait fort. Ton indulgence me réconfortait et me donnait une vraie raison de vivre.

C'est à cette époque que je revins à Camille. Après l'avoir tant trompée pour l'oublier, pour me venger de son absence, pour prendre une revanche sur la saloperie qui m'avait fait découvrir l'amour et la mort en même temps, je dialoguai à nouveau avec elle. J'échangeai une correspondance imaginaire où je recevais plus de lettres que je ne lui en envoyais. Sans artifice : quand je voulais, j'étais Camille regardant Tristan.

Un mot sur la compromission, Tristan.

De compromettre, tu as gardé ce qu'il y a de plus con : promettre. Ah ! ça, pour promettre, il promet... Et, comme petit poisson veut devenir grand, il s'arme et en même temps il s'affadit. Pour ne pas être mangé, pour ne pas être montré du doigt, pour ne pas être pêché parce que trop gros ou trop brillant, il se fond dans la masse, il louvoie, il évite les extérieurs. Petit poisson-mouton. Moyen poisson-mouton. Gros poisson-mouton. Ça y est, mon gros, t'as bien négocié. T'es compromis jusqu'à l'arête.

J'ai mon Littré sur la table. Le vieux me dit que compromettre, c'est d'abord un terme de droit : « S'engager par acte à s'en rapporter au jugement d'un arbitre sur un objet en litige. » C'est clean, rien à dire. Une autorité qui tranche, des moutons qui suivent...

Mais c'est après que ça dérape.

« Compromettre. 2. v.a. Fig. Mettre en compromis, c'est-à-dire remettre à la décision d'autrui et par conséquent exposer à quelque atteinte. Compromettre sa dignité. Compromettre les intérêts de quelqu'un. » Ouille, ouille, ouille, démasqués, les petits moutons. On était bien peinards, on s'en rapportait au jugement d'un arbitre et tout d'un coup on s'en remet à la décision d'autrui. On a cédé du terrain. La volonté et la dignité en prennent pour leur compte.

Mais ce n'est pas fini. Il faut aller jusqu'au bout de l'infamie :

« Compromettre. 3. Mêler quelqu'un dans une affaire de manière à l'exposer à des embarras ou à des préjugés. »

Ça y est, le tournant est pris. Jusqu'alors on se laissait mener par le bout du nez, ou du cœur, ou de la lâcheté. Maintenant on fait du mal, exprès. Le ver est dans le fruit. Il n'y a plus qu'à retourner le canon du revolver contre soi :

« Se compromettre, v. réfl. S'exposer à des embarras, à des périls. »

Oui, Tristan, c'est comme ça. Littré dit qu'une femme se compromet lorsqu'elle expose sa réputation. Ou qu'un homme se compromet lorsqu'il engage une lutte avec un adversaire indigne de lui...

N'oublie pas.

Moi, maintenant, je suis au-dessus de cela.

CAMILLE.

29

Ces lettres me purifiaient. Elles me lavaient des moisissures par lesquelles j'avais laissé gagner mon âme. J'avais lu des histoires de femmes violées ou ayant vendu leur corps, qui se douchaient en se frottant frénétiquement pour effacer la souillure. Je ne sais pas pourquoi, Alexis, mais moi je pensais aux champignons microscopiques qui gâtent les fruits. Cette odeur de moisi me poursuivait ; je guettais les fissures où elle eût pu apparaître. Je ne voulais pas gratter précautionneusement mais tout détruire au lance-flammes. J'étais obsédé par la pureté. Tout était sale autour de moi. L'entreprise dans laquelle je venais d'entrer en stage au sortir de ma licence en droit me parut être le refuge de toutes les hypocrisies. Ma carapace, patiemment édifiée depuis douze ans, me protégeait parfaitement. J'esquivais trop bien les coups et me le reprochais. Mais je souffrais pour les plus fragiles et retrouvais mes émois de gosse et ma vocation de saint-bernard.

En usant de mes charmes, je pus échapper aux combines les plus grossières, mais je m'arrangeai bien de quelques compromis. L'idée de me battre, encore et toujours, de devoir contourner, emporter, faire retraite me fatiguait à l'avance. J'avais rêvé d'un fil bleu, d'une rivière que l'on remonte sans pagayer, en utilisant à bon escient les contre-courants, en se laissant caresser plus que gifler par les saules pleureurs. Tout juste imaginais-je de temps à autre deux ou trois vigoureux coups de rame pour corriger une trajectoire, pour négocier un rapide. Mais la perspective de ces affrontements incessants me minait. Toujours adapter son humeur à l'autre, raboter son comportement...

Assombri, je repris mes sorties sans enthou-siasme, par besoin. Je continuai à faire le joli cœur mais ne poussai plus guère mon avantage. A cause de toi, je ne voulais plus ramener de filles à la maison. Je sentais bien que tu me jugeais et je n'aimais pas cet arrière-goût de vanité qu'elles me laissaient à leur départ. Je les trouvais le plus souvent fades à leur réveil, et parfois moches. Elles me faisaient l'effet de suceuses de sève et je m'abandonnais parfois à la misogynie.

Pourtant, un soir, je fus abordé par une voix rafraîchissante. Les yeux étaient clairs, la fille était drôle. J'étais amusé, un peu ému. Elle s'appelait Isabelle, elle était comédienne. Pour son premier film, elle avait obtenu un joli petit succès mais ne s'en étonnait guère. Elle regardait sa gloire nais-sante avec beaucoup de détachement et manifestait un sang-froid qui m'impressionnait pour son âge. Nous nous plûmes sans doute et, par jeu, je voulus la bousculer, l'amener à moi, trouver ses failles. Ce ne fut pas facile. Très rétive, elle ne permettait pas qu'on l'enveloppe, me laissait errer vers de fausses pistes, se moquait de mon trouble et me voyait avec indulgence repartir à la charge. Elle avait envie de se laisser séduire, c'est sûr, mais voulait choisir son heure, et prendre son temps. De plus, elle avait le souci de ne pas paraître une fille facile et me laissait cuire à petit feu. J'étais aux anges. J'aimais ces doux émois. Nous nous revîmes plusieurs fois dans mon restaurant favori ; je brûlais d'envie de lui faire l'amour, mais je la quittais toujours sans le lui dire. J'en étais tout excité.

A vrai dire, Alexis, je n'étais pas amoureux, mais j'aimais jouer avec Isabelle. Notre complicité intellectuelle nous avait beaucoup rapprochés. De plus, il n'y avait en elle aucune des vulgarités qui me gênaient chez ses consœurs. J'admirais sa résistance, mais j'eus le désir de la forcer. Je me fis discret, j'espaçais nos rendez-vous, je la sentis nerveuse, mal à l'aise. Je me fis encore tirer l'oreille, dosai mes tendresses et mes appétits de câlins fous. Elle apprenait l'humilité ; elle était « à point », comme disaient alors mes amis de rencontre.

Troisième acte : dîner aux chandelles, grand numéro de charme de Tristan ; du charme charmant, devait-elle dire plus tard. Dans la rue, nous avons un peu couru, nous nous sommes enlacés et le lendemain matin nous nous sommes réveillés dans son lit. La nuit avait été sereine et vaguement folle tout à la fois. La fenêtre était ouverte. Cela sentait le lilas. Isabelle ne sentait rien du tout, si ce n'est sa propre odeur que je ne pourrai te décrire mais qui me convenait tout à fait. Je la flairais comme un petit bébé et me trouvais bien dans ses bras.

Ne t'inquiète pas, Alexis, je te sens déjà jaloux pour ta mère. Mais Camille n'était pas en danger. Mon cœur ne battait pas pour Isabelle. Juste une petite tendresse fascinée. Une manière de havre pendant ma période de mue. D'ailleurs, je ne la voyais pas très souvent. Elle aurait sans doute souhaité davantage mais par pudeur ne disait rien. Elle répugnait à se livrer. Il fallait toujours lui arracher des aveux. Elle me parlait beaucoup par allusions, brouillait les cartes et ne refusait pas les mensonges.

Je le confesse, j'étais bien avec elle, mais je ne voulais pas m'attacher. Je savais que je cherchais en elle un remède à ma soif grotesque de pureté. Elle était une étape dans ma recherche chaotique. De toute façon, jamais personne n'aurait le droit de valoir, de près ou de loin, Camille. Par précaution, je m'éloignai donc un peu d'Isabelle, quoi qu'il m'en coutât, et je retombai dans mes déplorables habitudes de drague-express. Comme mon aventure avec Isabelle m'avait requinqué, tout allait bien pour moi et j'obtenais de faciles succès. Ce fut, dans ces derniers moments, l'une de mes rares périodes de quiétude. Je supportais mieux mon inadaptation.

Un mot d'Isabelle me réveilla. C'était très court.

Tu n'as rien compris, Tristan. Tu t'es amusé avec ton jouet. Ton jouet a mal au cœur (car il avait un cœur).

ISABELLE.

Aïe, elle était amoureuse et j'étais tout embarrassé. Je n'avais pas vu venir la flèche. Je n'aurais peut-être pas dû exciter sa jalousie, mais je ne pensais pas l'avoir blessée. Nos rapports avaient été jusqu'alors munis de garde-fous. Il n'était pas prévu que l'un ou l'autre d'entre nous fasse un pas vers le précipice. Et voilà qu'elle flanchait. Que faire ? Lui écrire un mot d'apaisement ? Mais c'était engager une correspondance dont j'avais jusque-là réservé le privilège à Camille. Et puis l'on peut trop mentir dans une lettre. Je n'avais pas envie de reprendre un cycle que j'avais condamné. La voir m'aurait mis mal à l'aise. Que dire, Alexis, quand on t'offre un cadeau dont tu ne veux pas, ou qui ne te plaît pas ? Faire la moue, faire semblant, une fois de plus ? Lui téléphoner ? Vraiment trop impersonnelles, ces impulsions électriques qui se transforment en voix. De tout temps, j'ai détesté le téléphone. Je choisis donc la plus mauvaise solution. Je laissai filer le temps, avec le vague espoir qu'il saurait la faire renoncer à moi.

Là, tu te souviens, Alexis. Un matin, tu m'as réveillé pour me dire qu'une jeune fille dormait sur le palier, devant notre porte. C'était Isabelle. Notre entrevue fut pénible. Elle était à bout et j'étais moi-même irrité, mal éveillé, gêné pour toi. Je n'aimais pas la pitié qui me gagnait. Elle avait quelque chose de pitoyable dans ses vêtements fripés, de ridicule aussi. Je fus plus cassant que je ne voulais. Courageuse, elle évita de me voir ou de m'écrire pendant quelques jours, mais, une nuit, une petite voix implorante me téléphona. Elle n'allait pas bien du tout. Elle venait de prendre des cachets, pas pour mourir, juste pour crier un peu. Pour me faire dire qu'elle existait et que j'existais trop pour elle.

30

CETTE nuit-là, Alexis, j'ai décidé de mourir. Cette pauvre Isabelle n'était qu'un déclic, une étincelle. Mon mal de vivre, tu le sais maintenant, je le portais en moi depuis trop longtemps. A courir si vite, à dévorer tout ce qui me passait à portée de bouche, je m'étais étourdi. Juste soûlé pour une petite dizaine d'années. Mais je me dégrisais. Mon vernis se craquelait, comme dans les vieux bateaux anglais. Et le bois était pourri. Ma charpente n'était pas solide. Je ne reposais sur rien. Un peu d'ambition, mais c'était du sable. Un peu d'amour, juste pour toi, parce que tu me ressemblais. Et, pour le reste, des souvenirs en lambeaux... Ma soif d'absolu, personne ne l'avait étanchée. Et surtout pas moi. Pur, Tristan ? Naïf, tout au plus, au début. Et après, comme les autres. On s'accommode de sa carcasse, on s'accommode de son prochain. On fait de la gymnastique. On assouplit sa colonne vertébrale. On perd son chemin. Et on en arrive là, comme moi, ce soir, paumé.

Paumé. Et Camille qui n'est pas là. Je m'étais échappé d'elle parce que son souvenir m'avait empoisonné, parce que son absence avait été trop dure à payer. Pourtant, elle seule avait donné un sens à mon coup d'aile dans ce monde. J'eus envie d'aller lui dire au revoir.

Jamais je n'avais été sur sa tombe. Au premier anniversaire de sa mort, j'avais écrit une longue lettre à son père ; il ne m'avait pas répondu. Ensuite, je n'avais pas voulu aller sur son territoire. Il ne me souhaitait sans doute pas.

Pour l'Angleterre, je pris un avion à quatre sous. Un rendez-vous quasi clandestin place de la République, un car jusqu'à Beauvais, un coucou hors d'âge vers un aéroport du Kent. Et Londres au diable vauvert... Pour un billet de dix mille francs. Trafalgar Square, la gare, quelques stations jusqu'à Greenwich. Et moi, tout bête, dans cette banlieue bien peignée. Un cimetière très british. Des arbres, du gazon, des plantes, des tombes moussues, un gardien serviable.

Approcher Camille me faisait maintenant peur. Je n'allai pas droit à sa tombe. Voir son nom, un bouquet, une photo peut-être... J'étais glacé. Ma Camille, douze ans après... Ma Camille aimée au-delà de toutes mes forces. Ma Camille, si cruelle, si forte, si fragile, je ne sais plus... Et moi, qu'elle avait aimé, moi qui me rapprochais de son corps en poussière.

D'après le plan du gardien, je n'étais plus très loin, dans la même allée, à une dizaine de tombes. Il y avait quelqu'un, devant elle, ou à côté, qui allait me gêner. J'avançai plus lentement. L'homme était bien devant sa tombe ; je ne pouvais pas m'arrêter. Derrière lui, je volai un regard au marbre noir, à ce nom qui me serrait la gorge. Et je passai mon chemin.

Je me postai un peu plus loin, hors de sa vue. L'homme était très digne et, voûté, n'avait plus d'âge. Un beau visage d'Anglais, les traits creusés, les yeux dans le brouillard. Debout face à sa fille, il inspirait un respect qui allait définitivement m'em-

pêcher de l'approcher. Et pourtant, que de conni-
vences, que de complicité entre nous ! Sur cette
allée gazonnée, sous ces charmilles d'opérette,
étaient réunis les trois acteurs d'un drame romantique. Une muette et deux immobiles. Trois squelet-
tes qui, jadis, avaient mêlé leur chair. Trois bran-
ches d'un cœur au sang figé.

Je n'aurai donc jamais parlé à Alan ; j'aurais aimé
lui dire l'amour de sa fille, le diamant brut qu'il
avait perdu, la beauté de notre flambée ; j'aurais
voulu qu'il m'aide à ne pas me noyer dans les
lames de fond de la personnalité de Camille, à ne
pas me cogner dans les faux miroirs qu'elle me
tendait. Peut-être savait-il d'elle des vérités pour
éclairer ses mensonges. Mais il ne fallait pas que je
brise nos liens de cristal. Cet homme était fragile.
J'aurais pu le casser sur la tombe de sa fille.
J'aurais pu me casser aussi.

Je suis resté un long moment à l'observer. Je l'ai
laissé partir. Je me suis assis devant cette tombe.
C'est la première fois que je voyais écrit le nom de
ta mère en caractères d'imprimerie. Irréel. Il n'y
avait rien là-dessous, rien qu'un châle oublié, un
souvenir fané. Camille flottait loin d'ici, dans les
montagnes suisses, au-dessus de Weitershausen,
mais je n'irais pas là-bas. Ma route s'arrêtait à
mi-chemin, et bientôt.

A mon retour à Paris, je dirais au revoir. Pour
Camille c'était fait ; pour toi ce serait plus difficile.
J'ai préféré le cahier.

Encore une fois, pardonne-moi, Alexis.

Tu es le fils de Camille. Je t'aime.

TRISTAN.

153

P.-S. — Un jeune homme lumineux, Jean-René Huguenin, est mort à mon âge, mieux que moi. Dans son journal, à la date du 8 mars 1958, il s'était donné quatre buts :

Faire une œuvre,

Vivre avec grandeur, honneur et beauté.

Avoir le plus de passions possible.

Fonder une aristocratie, une société secrète des âmes fortes.

L'œuvre, c'est celle que tu as dans les mains. Autant dire rien du tout, un journal de perdant. La grandeur, l'honneur, la beauté, j'y ai cru, mais j'ai tout abîmé. Pour les passions, ça va, je me suis servi. L'aristocratie ? Nous étions deux. A toi de la fonder.

PAPA.

printemps

Alexis a rajouté :

Papa, ton histoire est formidable. Je suis fier de toi. Mais t'aurais jamais dû me laisser seul avec ton secret. T'aurais dû rester avec moi. Qu'est-ce que je vais faire ? Comme toi ?

TABLE

DU MÊME AUTEUR

Mai 68, Mai 78, Seghers, 1978.

Composition réalisée par C.M.L., Montrouge

IMPRIMÉ EN FRANCE PAR BRODARD ET TAUPIN
58, rue Jean Bleuzen - Vanves - Usine de La Flèche.
LIBRAIRIE GÉNÉRALE FRANÇAISE - 14, rue de l'Ancienne-Comédie - Paris.

ISBN : 2 - 253 - 03224 - 7 ✦ 30/5777/5